ullstein

Das Buch

Eine junge, selbstbewusste Frau lebt ihre erotischen Phantasien aus. Explizit erzählt sie von klaren Abmachungen, nächtelangen Vergnügungen, ungewöhnlichen Spielarten der Liebe. Die Frau bestimmt die Regeln, benutzt die Männer für ihre Zwecke. Es geht ihr ausschließlich um Abenteuer und Lustgewinn. Egoistisch sorgt sie für ihr eigenes Wohl. Und räumt gehörig auf mit so manchem Klischee über die weibliche Sexualität.

Die Autorin

Valentina Maran wurde 1977 geboren. Sie arbeitet in Mailand in einer Werbeagentur. Für ihre erotischen Kurzgeschichten wurde sie mit mehreren Preisen ausgezeichnet.

Valentina Maran

Haut an Haut

Roman

Aus dem Italienischen
von Esther Hansen

Ullstein

Besuchen Sie uns im Internet:
www.ullstein-taschenbuch.de

Umwelthinweis:
Dieses Buch wurde auf chlor- und säurefreiem Papier gedruckt.

Ungekürzte Ausgabe im Ullstein Taschenbuch
1. Auflage Mai 2008
2. Auflage 2008

Titel der italienischen Originalausgabe: *L'uomo che mi lava*
(Edizioni Piemme Spa, Casale Monferrato 2006)
Umschlaggestaltung: HildenDesign, München
Titelabbildung: © Jon Hatfull/Trevillion Images
Satz: Pinkuin Satz und Datentechnik, Berlin
Gesetzt aus der Berling
Druck und Bindearbeiten: CPI – Ebner & Spiegel, Ulm
Printed in Germany
ISBN 978-3-548-26885-9

Daria

»Hast du Angst?«
»Mh-m.« Sie schüttelt den Kopf.
Dabei hat sie Angst. Kann es nicht einmal zugeben. Ich lächele ihr aufmunternd zu. »Tu ich dir weh?« Sie atmet etwas zu lange aus, bevor sie antwortet.
Wie soll ich dir so glauben?
»Nein.«
»Sicher nicht?«
Ich lächele ihr wieder zu. Klar habe ich ihr wehgetan.
»Ja.«
Endlich entspannt sie sich ein wenig.
Daria ist sechzehn. Sie ist Lucas Schwester. Diesen Sommer gebe ich ihr Nachhilfe in Italienisch. Seit Tagen ist sie hinter mir her. Heute habe ich beschlossen, sie glücklich zu machen.
Ihr Bruder hat ihr meine Erzählungen zu lesen gegeben. Sie hat all ihren Mut zusammengenommen und mich gefragt, ob ich sie rasiere. Sie möchte es nicht selbst tun. Sie hat Angst, sich zu schneiden, behauptet sie. Ich glaube, sie hat auch Angst, wenn ich es tue.

Das Haus ist leer. Samstag. Ihre Eltern sind weg. Sie hätte einen der Jungs aus dem Ort einladen können, einen von denen, die ständig mit dem Mofa um sie herumlungern. Aber sie wollte mich.

Ich tauche die Rasierklinge in die Schüssel.
»Ist das Wasser warm genug?«
»Ja.«
Es geht schon besser. Sie ist nicht mehr ganz so verkrampft. Das merkt man an ihrem Atem. An der Reaktion ihrer Haut.
Gestern hat sie all ihren Mut zusammengenommen. Vielleicht konnte sie die ganze Nacht nicht schlafen, vor lauter Angst, mich zu fragen. Vielleicht schreibt sie es ja sogar in ihr Tagebuch.

Ich fange an, sie untenherum zu rasieren. Das Haarbüschel darüber – keine Ahnung. Ich bin mir noch unschlüssig. Ob ich es wegmachen soll oder nicht. Im Radio läuft irgendein albernes Lied.
»Kennst du das?«
Mein Blick konzentriert sich ganz auf mein Werk, als würde ich malen.
»Was?«
»Den Song.«
»H-hm.« Sie nickt.
»Sing mit.«
»Ach komm!«
»Nein, wirklich.«
Ich habe versprochen, ihr Kinnbart und Schnäuzer zu machen. Sie war knallrot, als sie mich darum gebeten hat. Und fast noch röter, als ich ja sagte. Vielleicht ist ihr da erst klargeworden, wie sie sich dafür würde hinlegen müssen.
In diesem T-Shirt sieht sie einfach toll aus.
»Sing mit, dann achtest du weniger auf mich.«
»Nein … Das ist mir peinlich.«
»Würde man gar nicht meinen.«
Sie wird wirklich beim kleinsten Anlass rot.
Sie liegt vor mir auf dem Wohnzimmertisch, die Beine weit geöffnet.

Sie ist sechzehn und lässt sich die Möse mit dem Rasierschaum und der Klinge ihres Vaters rasieren. Die sie selbst aus dem Bad geholt hat.

Ich ziehe ihr ein wenig die Schamlippen straff. Langsam fahre ich mit dem Rasierer darüber. Immer wieder spüle ich die Klinge ab, um genau zu sehen, wo ich sie enthaare.
Sie hält die Luft an. Atmet aus, wenn ich die Klinge in die Schüssel tauche.
Zuerst habe ich mir die rechte Seite vorgenommen. Jetzt kommt die linke dran. Ich spanne die Haut wieder ein wenig. Ich sehe ihr dabei nicht ins Gesicht. Wie zufällig fahre ich mit den Fingern über die feuchten Ränder.
Sie ist nass.
Und hat Angst.
Ich will nicht, dass sie aufhört. Es sich anders überlegt. Deswegen sehe ich sie nicht an. Ich bin aseptisch. Ein Vollprofi. Ich will sie ablenken. Aus dem Radio kommt immer das gleiche Gedudel.
»Gefällt dir dieses Zeug? Die Musik meine ich …«
»Wie?«
»Würdest du bitte versuchen, dich mental ein paar Zentimeter von dem zu entfernen, was ich hier tue?«

Nimm ein paar Zentimeter Abstand. Ist doch halb so wild, nichts, dessen man sich schämen müsste. Sie sieht mich an. Wie Bambi.
»Ich schneide dich nicht. Sei ganz ruhig.«
»Tut mir leid.«
»Es braucht dir nicht leidzutun. Entspann dich lieber. Atme.«
Sie atmet ein.
Sie atmet aus.
»Gut so, keine Macht der Lungenembolie.«
Sie lacht. Ein Glück. Ich mache weiter.

Das weiße Muster ihres Bikinis ist umwerfend. Ihre Haut hat das sanfte Braun von Keksen. Wenn ich sie dazu überreden kann, rasiere ich sie auch ums Loch herum. Mal sehen.
»Nein, das Lied finde ich nicht besonders. Ich mag lieber Vasco.«
Wer hätte in deinem Alter nicht für Vasco Rossi geschwärmt? Oder für die Doors, für Pasolini, für Metallica?

Ihr entgeht nicht die geringste meiner Bewegungen. Untenherum bin ich fertig.
Ich sage ihr, wie sie sich hinsetzen soll.
»Fußsohlen aneinander. Schaffst du das?«
Sie schafft es. Sie ist gelenkig. Wahrscheinlich hat sie früher geturnt oder so. Es ist eine Freude, sie anzusehen. Jetzt verteile ich Schaum auf beiden Seiten des Schamhügels.

»Wir können ein schönes schmales Muster machen oder …«
»Oder?«
Sie hängt an meinen Lippen.
Gut.
»Alles.«
»Alles?«
»Es ist lustig. Mir gefällt es eigentlich …« Ja, wenn du so eine Möse leckst, weich und glatt, und siehst, wie sie langsam zu glänzen beginnt vor Saft, ich schwöre dir, das ist sagenhaft.
Möchtest du das?
Wenn du mit dem Gesicht eintauchst und die Weichheit spürst, nichts sonst, wie sie jedes Mal bebt, wenn du mit der Zunge darüberfährst. Das ist, als würde man an Rosen riechen, verstehst du? Ein Rosencarpaccio. Aus Fleisch.

Aus Blut. Und wie sie dann obszön erblühen, direkt in dein Gesicht hinein, vor deiner Nase. Sie riechen umwerfend. Unverschämt.
Du kannst nicht mehr aufhören, sie zu küssen. Und sie zu berühren.
Es ist, als wollten sie mit dir reden. Dich einladen, einzutreten. Zu flüstern.
Sie pulsieren. Denken. Wenn du sie berührst, merkst du, wie gierig sie sind. Gefräßig. Sie schlucken dich mit Leichtigkeit. Bespeicheln dich. Saugen. Schmecken. Dann lassen sie dich gehen, wenn sie gesättigt sind.
Und wenn auch du satt bist.
Alle machen es so. Deine auch.
Wer weiß, ob du dich schon einmal selbst berührt hast. Ob du dich schon mal über einen Spiegel gekniet hast, um zu sehen, wie du aussiehst. Ich habe es ungefähr in deinem Alter getan.

Das sage ich dir aber nicht. Ich behalte alles für mich.
Mein Baumwollslip klebt mir an den Schamlippen und beginnt mich zu nerven.
»Es … Es ist komisch. Fühlt sich gut an.«
Du spürst sofort, wenn sie feucht wird.
Wie ich jetzt.
Ja. Alles verstärkt sich. Wird intensiver. Wenn du dann noch Babyöl darauf verreibst, gibt es kein Halten mehr.

Sie denkt nach.
»Okay. Alles.«
Bingo!
»Das pikst jetzt vielleicht ein bisschen, weil die Härchen hier dicker sind …«
»Ja.«
Erneut setze ich die Klinge an.
Sie hält wieder den Atem an. Unter dem T-Shirt zeichnen

sich ihre Brustwarzen ab. Sie hat schöne Titten. Und einen flachen Bauch.
Ich beeile mich. Das ging schnell. Ich kann es kaum erwarten, die Badtür hinter mir zu schließen und mich mit Toilettenpapier abzuwischen.

Sie ist merkwürdig berührt, als sie ihre glatte Scham betrachtet. Ihre Spalte ist schnörkellos. Man muss sie öffnen, muss sie von der sie umgebenden Schale befreien.
»Wie findest du es?«
Sie betrachtet sich.
»Komisch. Und den Männern gefällt das?«
Darauf kannst du wetten. Du würdest ihnen auch sonst gefallen. Du bist eine Frau. Das genügt.
»Kommt auf den Mann an.«
»Und deinen gefällt das?«
»Ja.«
Allen.
Sie sagen mir immer, wie weich ich bin.

»Berühre dich.«
Sie wird knallrot.
Ich trockne die Rasierklinge ab.
Was soll ich davon halten, hm? Warum bist du jetzt rot geworden? So habe ich es nicht gemeint. Was hast du denn gedacht?
»Berühre dich, ob es dir gefällt, so glatt. Wie du es findest.«
Ich drücke den Deckel auf die Rasierschaumdose. Räume auf.
Ich konzentriere mich auf jeden meiner Handgriffe. Dem Geräusch des Handtuchs entnehme ich, dass sie prüft, ob ihr die neue Nacktheit gefällt. Ich sehe sie an, als sei sie angezogen.
»Schön?«

»Ähm ... komisch ... ja! Ja!« Sie sucht ihren Slip.
»Wenn du willst ...«
Sie hält inne. Im tiefsten Innern scheint sie doch Spaß daran zu haben.
»Machen wir noch den Rest?«
»Und das wäre?«
»Hinten.«
»Okay.«
»Leg dich hin, den Rücken auf den Tisch, die Beine hoch und leicht spreizen.«
Sie tut es. Legt sich genau so hin.
Ich nehme die Kappe von der Düse, schüttele die Spraydose und spritze weißen Schaum zwischen ihre Pobacken. Glücklicherweise bin ich eine Frau. Als Mann hätte ich jetzt keine Chance, einen höchst peinlichen Ständer zu verbergen.

Es ist ein Genuss, ihr Loch und die Stellen drum herum einzuschmieren. Dann folge ich langsam mit der Rasierklinge den Rändern. Wer weiß, ob sie es merkt.
Ich versuche alles, um ruhig zu bleiben. Noch immer habe ich nicht verstanden, was sie eigentlich erwartet. Ob sie etwas Bestimmtes will. Ob sie es tut, weil sie es für normal hält ...
Ich darf nichts falsch machen bei ihr. Keinen falschen Schritt tun.
Was willst du nur, Daria?

Ja. Sie muss früher geturnt haben. Sie hält die Beine schön gerade in die Luft, die Zehenspitzen gestreckt. Eine obszöne Tänzerin ist sie.

Hier scheint es ihr weniger auszumachen. Sie lacht.
»Amüsierst du dich?«
»Ich komme mir so albern vor!«

Der durchsichtig glitzernde Schleim verrät ihre Erregung.
Sie hat keine Ahnung, was bei mir abgeht.
Noch zwei vorsichtige Striche.
Fertig.
Jetzt kann ihr weißes Loch durchatmen.

Gott, hab ich Lust, dich zu lecken!

Ich habe sie komplett rasiert.
»Das war's.«
Sie bleibt noch einen Augenblick liegen. Zu lange, als dass es normal wäre.
Willst du etwas? Frag mich.
Soll ich dich küssen?
Dir sagen, wie schön du bist?
Ist es normal für dich, deine Intimität so mit Freundinnen zu teilen?
Ich kann mir nicht vorstellen, dass du die Beine deshalb nicht runternimmst.

Deine Eltern sind nicht da. Die perfekte Gelegenheit. Nur dein Bruder kann jeden Augenblick zurückkommen.
Ich lege ihr das Handtuch um und trockne sie oberflächlich ab. Ihre Hand schlüpft zwischen die Beine, sie tastet mit ausgebreiteten Fingern, berührt sich kaum.
Ich wette, sie hat sich noch nie angefasst.
Endlich nimmt sie die Beine herunter und setzt sich auf.
Lustlos schlüpft sie in den Slip.
Wenn du etwas willst, musst du lernen, es mir zu sagen.
Ich entscheide dann, ob ich es mache oder nicht.
Sie schiebt die Hände unter die Schenkel und lässt die Beine baumeln. Ich werde sie dazu bringen, sich die Nägel zu lackieren.

»Darf ich dich etwas fragen?« So wie sie den Kopf schief legt, muss es etwas Persönliches sein.
Ich warte.

Sie blickt auf den Boden.

Etwas sehr Persönliches.
»Wie ist es … geküsst zu werden … da?«
Da. Irgendwo. Unpersönlich.
Der Ort da.
Das Ding da.
Die Spalte.
Da.
Dort.
Da unten.
Da hinten.
Ein dunkler, namenloser Ort.

Nein. Du hast dich noch nie angefasst. Und wenn, dann nur, weil dich jemand darum gebeten hat, stimmt's?

Meine heißt Möse. Oder vielmehr Muschi. Das ist zärtlicher. Sie heißt Spalte, weil sie ein Eingang ist und die Neugierigen belohnt.
Meine ist eine Blüte. Ein Mund. Eine Muschel.
Meine ist eine Sie. Weiblich.
Wenn es besonders intim wird, wird sie manchmal auch zur Kartoffel. Eine Knolle. Kräftigend. Fleischig. Sättigend.
Sie kann viele schöne Dinge sein.
Sie ist mittendrin. Eine Hälfte.
Ein genau bestimmter Ort. Eine Zone der Lust.
Sie ist Sex.
Auf der Landkarte des Körpers befindet sie sich zwischen den Beinen.
Mittendrin. Ein schmerzloser Schnitt.

Sie öffnet sich.
Aber sie ist kein unbestimmtes Da.
Mit den Jahren wirst du das lernen.
Wenn du sie erst besser kennst, wird sie zum Hier.
Steck ihn Hier rein.

Sie wartet auf eine Antwort. Machst du das absichtlich?
»Wenn es so weit ist bei dir, erzählst du es mir.«
Ich habe alles abgetrocknet. Sie sieht enttäuscht aus.
»Nein, komm schon … Der … Ist es nicht so, dass …«
»Was? Wie sie schmeckt?«
»Ja.«
»Lass dir das von jemandem erzählen, der sie probiert.«
»Und wenn es eklig schmeckt?«
Keine Sorge, sie werden es mögen, und wie!
»Ach was!«
Sie zieht sich an.
»Was machst du heute Abend?«
»Ich gehe mit Gianfranco aus.«
»Etwa mit diesem gutaussehenden Typen mit dem Volvo?«
Manchmal überrascht mich ihre Fähigkeit, die Dinge auf den Punkt zu bringen.
Ja. Gianfranco ist der gutaussehende Typ mit dem Volvo.
Er ist mein Freund. Mein einziger. Dem ich voll vertraue.

»Genau der.«
Sie druckst verlegen herum. Man kann sich leicht ausrechnen, was in ihrem Kopf vorgeht. Was sie gerne hören möchte.
»Und du? Heute Abend?«
»Hmm, weiß noch nicht.«
Aber ich weiß es.
Gianfranco gefällt ihr.
»Möchtest du mitkommen?«

»Darf ich denn?«
Du bist so leicht zu durchschauen.
»Ich glaube schon. Warte kurz, ich frage ihn.«
Seine Nummer kenne ich auswendig. Ich wette, wenn etwas zwischen euch passieren sollte, wird dir unsere Vertrautheit lästig. Du bist noch jung. Kleine Mädchen sind eifersüchtig.
Oder vielleicht nur die dummen.
Ich halte die Taste gedrückt, damit die Nummer automatisch gewählt wird. Ich und er, wir sprechen uns jeden Tag.
»Er ist dran!«
Ich komme sofort zur Sache.
»Heute Abend haben wir einen Gast.«
»Ist sie hübsch?«
»Ja.«
»Sehr gut.«
Er gefällt mir, weil er so unkompliziert ist. In allem. Was auch immer.
»Bist du pünktlich?«
»Ja. Ich hole dich ab – sagen wir um neun?«
Das heißt, dass er mindestens eine halbe Stunde zu spät kommt. Ich kenne ihn.
»Soll ich uns was reservieren?«
»Nein, darum kümmere ich mich. Ich bin da neulich an einem Laden vorbeigekommen … Lass nur. Ich mach das. Bis später.«
»Ciao.«
Er legt sofort auf. Daria sieht mich an.
»Okay. Um neun. Wir holen dich ab.«
»Perfekt! Was soll ich anziehen?«
Was du willst, mit sechzehn kann man sowieso alles tragen.
»Nichts Besonderes. Bis nachher dann.«
»Okay!«

Sie gibt mir einen Schmatzer auf die Wange, bringt mich zur Tür und verabschiedet mich schnell. In ihrem Alter habe ich auch immer Stunden im Bad gebraucht. Sie schließt sich ein, dreht die Musik auf und ändert tausendmal ihre Meinung in Sachen Kleiderwahl.
Ich mache mich auf den Heimweg. Ich gehe zu Fuß. Das ist mir lieber. Hinter der ersten Ecke halte ich an, stecke meine Hand in die Hose und löse die Haut der Schamlippen von dem bestickten Stoff. Ich habe Lust, mich zu berühren … keine Ahnung.
Daria so vor mir zu sehen … Tja.
Nein. Ich verschiebe es lieber auf später, unter der Dusche.

– – – – – – –

Geschminkt wirkt sie zehn Jahre älter. Vielleicht wird ihr Kajal verschmiert sein, wenn wir erst einmal fertig sind. Der Lippenstift ist schon kaum mehr zu sehen. Obwohl sie ihn vorhin auf der Toilette im Restaurant nachgezogen hat, klebt er nun wieder am Rand meines Glases.
Das ist normal.
In der Schulzeit habe ich auch immer billigen Lippenstift verwendet. Später habe ich mir das abgewöhnt. Vor allem, wenn ich mit einem Mann zusammen bin und es nicht unser erstes Date ist.

Sie und Gianfranco unterhalten sich angeregt. Ich höre zu. So geht das schon den ganzen Abend. Ich lasse sie in Ruhe. Ich habe gerade das Nötigste geredet, um Daria die anfängliche Scheu zu nehmen.
Den Rest erledigt er. Er weiß, wie man das macht. Was er sagen muss. Er weiß, dass er im Vorteil ist. Er hat Ausstrahlung. Und immer eine Antwort parat. Ein Thema.

Wenn er sich mal nicht auskennt, stellt er ein paar gezielte Fragen. Bringt das Gespräch wieder auf sein Terrain zurück.
Er spielt gerne den Unterweiser. Schlüpft in die Rolle des Lehrers, der dich Dinge ausprobieren lässt, die du noch nie gespürt hast. Dafür ist Daria einfach perfekt. Neugierig genug.

Sie hat den ganzen Abend nicht einmal den Blick von ihm abgewendet. Auch jetzt nicht.
Er rückt immer näher an sie heran. Beim Sprechen streift er hin und wieder ihre Hand.
Sie zieht sie nicht weg. Errötet nicht einmal. Sie lacht.
Sie ist völlig entspannt.
Keine Ahnung. Ich habe nie jemanden gefragt, wie ich mich in ähnlichen Situationen verhalte. Ob ich den Kopf auch so schief lege. Den Hals entblöße.

Sieh sie dir an: wie sie lacht.
Ich verstehe nicht, wie Gianfranco es schafft, sie nicht zu beißen. Nicht von ihr zu kosten.
Wann beschließt du, dass sie endlich nahe genug ist, um sie zu küssen? Was wirst du ihr sagen?
Daria ist wunderschön heute Abend.
Sie hat ein Minikleid an, das alles erahnen lässt, was sie nicht darunter trägt.
Dieses Kleid macht dir Lust, ihr zu sagen, was du ihr ausziehen möchtest. Was du mit ihr anstellen möchtest.

Wir sind in meiner Wohnung. Sie hält mein leeres Glas in den Händen. Sie streicht sich die Haare hinter die Ohren.
Wer weiß, was davon instinktiv geschieht und welche deiner Bewegungen Berechnung sind, Daria.
Hin und wieder dreht sie sich beim Reden um. Sieht mich

an. Sucht Bestätigung. Ein Lächeln. Eine witzige Bemerkung.
Aber ja, ich sage alles, was du willst.

Noch sendet sie mir Signale, will mich nicht außen vor lassen. Dann verdichten sich die Unterhaltung, die Gesten, die Blicke zwischen ihr und Gianfranco. Wohlerzogen halte ich mich zurück. Werfe einen Blick auf die Uhr. Gianfranco hat nur Augen für sie.

Ich beschließe, dass ihr Glas jetzt leer genug ist, um es wieder aufzufüllen. Ich beschließe, dass ich euch jetzt allein lasse.

Gianfranco ist auf halber Strecke der Zeremonie. Würde er jetzt die Augenlider heben, wäre alles ruiniert.
Kein Telefon klingelt. Keine Uhr tickt. Alles läuft wie geschmiert.
Daria wird ihr Glas nicht mehr zurückbekommen.
Ich lasse sie im Wohnzimmer allein. Gehe in die Küche und hantiere dort ein wenig herum. Klirre ein wenig mit Flaschen und Gläsern und tue Dinge, die ich ruhigen Gewissens auf morgen verschieben könnte. Ich höre sie leise miteinander flüstern. Dann nichts mehr.
Mir wird warm zwischen den Beinen.
Hast du deine übereinandergeschlagen, Daria? Berührt er dich schon? Lässt du ihn?
Er weiß, dass ich dich enthaart habe. Solche Sachen erzählen wir uns. Morgen wird er mir Komplimente machen, während du dich zu der Entscheidung beglückwünschst, dich gerade heute epilieren zu lassen.

Nach einer Weile trägt Gianfranco sie ins Zimmer.
Das habe ich erwartet. Hätte mich gewundert, wenn er es nicht geschafft hätte. Von weitem folge ich ihnen mit dem

Blick. Er kennt meine Wohnung wie seine Westentasche.

Er kommt oft her. Er weiß genau, wo das Bett steht.

Sie hält den Kopf an seine Schulter gelehnt.

Mich hat er noch nie so hinübergetragen. So viel Romantik gönnen wir uns nicht. Wenn wir uns sehen, machen wir kompliziertere Dinge, Daria.

Ich bleibe in der Küche.

Sie schließen die Tür nicht. Offensichtlich wollte Daria es nicht. Hat nicht danach verlangt. Bei dem Gedanken überkommt mich einen Moment lang Rührung. Wahrscheinlich fühlt sie sich bei ihm so sicher, dass sie es nicht braucht.

Hast du wenigstens kurz daran gedacht, Daria? Was geschieht, wenn ich mich gleich in der Tür zeige? Was tust du? Das ist meine Wohnung. Du bist in meiner Wohnung. Er ist mein Freund. Hast du dich gefragt, was du da tust?

Nach ein paar Minuten trete ich näher. Auf der Schwelle bleibe ich stehen und lausche.

Daria ist beschwipst, gerade genug, damit sie ja sagt, sich aber auch noch umentscheiden und weggehen könnte, wenn sie wollte.

Was hast du alles vor, Daria? Ich habe das Bett frisch bezogen, hast du gesehen? Die Decke habe ich ein wenig aufgeschlagen, als würde sie nur auf dich warten. Hier kannst du nichts in Unordnung bringen. Du brauchst dir keine Sorgen zu machen.

Es ist alles für dich bereit.

Morgen wird dein Duft an meinem Laken haften. Weißt du das? Kannst du den meinen riechen? Dort schreibe ich. Dort habe ich die Sachen getan, die du gelesen hast. Du liegst gerade darauf.

Jetzt zieht er ihr das Kleid aus. Man kann es hören.

Kein Klimpern oder Klackern, nur ein langes Abstreifen,

das damit endet, dass deine Haare fließend auf die Decke fallen.
An deinem Atem höre ich, dass er innehält. Und an seinem, dass er deinen Duft einsaugt.

Den ganzen Abend war er schon äußerst galant. Nun wird sein ganzes Verhalten noch beruhigender. Er ist einer der Besten.
Er küsst sie lange, sieht sie dabei an. Ich weiß das. Das ist seine Art. Er streichelt sie sanft.
In deinen Atemzügen offenbart sich die ganze Landkarte deines Körpers, weißt du das? Das hört man sogar von hier. Er berührt dich leicht. Ein sanftes Streicheln. Dein Körper reckt sich ihm entgegen.
Die Decken haben sich kaum bewegt, und die Matratze bildet nun die Hintergrundmusik zur Lage deines Körpers.
Er zieht ihr die Schuhe aus und stellt sie auf den Boden. Er vermeidet jedes laute Geräusch. Jetzt müsste sie splitternackt sein.
Ich mustere sie. Ich beuge mich ein wenig vor, über die Türkante.
Sie liegt da, wie ich sie mir vorgestellt habe.
Die Augen halb geschlossen. Nackt. Wunderschön.
Er ist noch angezogen. Er lässt stets den Frauen den Vortritt.
Er streichelt ihr über das Gesicht. Verschränkt seine Hände mit ihren.
Mit mir ist er nicht mehr so sanft. Wir sind zu ganz anderen Dingen vorgedrungen.
Ich bleibe, wo ich bin. Im Halbschatten.
Er küsst sie, umkreist die Brustwarzen, zeichnet ihre Ränder nach. Zuerst mit dem Zeigefinger, dann mit dem Daumen, seine Hand umfasst ihre Brust. Dann löst er sich von ihr. Er kniet sich auf die Matratze und streichelt ihren

Oberkörper. Die Stelle direkt unterhalb der Rippen liebt er ganz besonders. Immer, wenn er das bei mir macht, sagt er: »Du bist wunderschön hier«, und zeichnet sie mit seinen Handbewegungen nach, umschreibt präzise Punkte. Siehst du? Auch bei dir hält er dort inne. Achte darauf. Auch wenn es dir jetzt noch nicht ungewöhnlich erscheinen mag, mit der Zeit wirst du es schätzen lernen, wenn sich nicht alles auf den Unterleib konzentriert.
Er rutscht tiefer, bis über den Bauchnabel. Dann sieht er ihr wieder ins Gesicht.
Gianfranco ist der Einzige, der dich beim Sex so anschaut. Die anderen nicht. Die anderen merken das gar nicht. Aber wenn du so angesehen wirst dabei, ist es noch schöner. Es gibt dir das Gefühl, wichtig zu sein. Es flößt dir Vertrauen ein.
Das weiß er. Er hat es so viele Male gemacht. Mit unzähligen Frauen. Und sie haben sich alle wohl gefühlt. Mich eingeschlossen.

Daria ist perfekt. Größer als ich. Viel größer.
Er umspielt sie mit seinen Lippen. Saugt. Kostet. Trinkt. Das ist erst die Eröffnung.
Dann wandert er tiefer.
Sie schluckt.
Er beugt sich über Darias nackte Spalte.
Sie zeigt nicht den geringsten Widerstand.
Ein endlos langer Augenblick.
Ich verfolge Darias erstes Mal.
Ja. Wahrscheinlich hat dich dort noch niemand geküsst. Oder wenigstens … nicht so. Du bist keine Jungfrau mehr. Ich weiß. Du hast vielleicht schon mal eine schnelle Nummer geschoben, hinter dem Haus, heimlich. Hast es gar nicht richtig mitbekommen.
Aber so etwas hier nicht. Deine kleinen Freunde mit ihren Mofas wissen gar nicht, wie so etwas geht.

Er jedoch macht es dir einfach göttlich.
Ihr Atem geht schneller. Manchmal hebt sie den Kopf und sieht ihn an, dann schließt sie sofort wieder die Augen.
Er wartet. Wartet, bis es dir zu sehr gefällt.
Er kann eine Menge Dinge.
Lass ihn nur machen.
Er ist gut. Vertrau mir. Und ihm.

Dann geschieht etwas, womit ich nicht gerechnet habe.
Daria dreht sich zu mir um. Und sagt meinen Namen.
Ich wusste nicht mal, dass sie mich dort in der Tür bemerkt hatte. Ich war doch ganz leise.
Vielleicht will sie einfach, dass ich gehe. Das wäre ihr gutes Recht. Ich hätte keine Einwände, wenn sie es wollte.
Ich gehe zu ihr hinüber.
Gianfranco schaut auf, streichelt ihren Bauch und wartet. Er hat immer noch nur Augen für sie. Ich beuge mich zu Darias Ohr.
»Ja.«
Sie streckt die Hand nach mir aus. Sie streichelt mir über das Gesicht und sieht mich an, ohne ein Wort. Sie ist so süß. Ich hocke mit angewinkelten Beinen auf dem Bettrand, ganz nah an ihrem Gesicht. Gianfranco zieht sich das Hemd aus. Die Hose behält er an.
Er ist nicht besonders dünn. Die blonden und grauen Brusthaare verraten sein Alter. Vierundvierzig. Nun beugt er sich wieder über sie.
Daria stöhnt.
Sie schließt die Augen und drückt meine Hand. Unser Kälbchen hätte mich gerne ganz vorne mit dabei. Sie macht die Augen wieder auf.
Da küsse ich sie.
Sie schmeckt nach dem, was sie getrunken hat. Es ist wunderschön, zu spüren, wie sie erschauert. Sie umklammert

meinen Hals und kneift die Augen zu. Ganz fest. Ich löse mich von ihrem Mund, damit sie atmen kann. Dann sehe mich nach dem anderen Ende des Bettes um. Ich weiß, wie schön das ist. Gianfranco hat eine breite Zunge, wie eine Schaufel. Er leckt sie von ganz unten bis ganz oben, so weit der Speichel reicht. Bis dahin, wo sie am schnellsten atmet. Lange, genussvolle Züge.
Er weitet sie ein wenig mit den Daumen, betrachtet sie, als gäbe es nichts Besseres, nichts, was auch nur annähernd so schön wäre. Er schüttelt den Kopf. Als könne er es nicht glauben. Dann sieht er mich an.
Ich möchte an deiner Stelle sein.
Er macht weiter.
Es tut mir leid, dass sie nicht zusieht. Es tut mir leid, dass sie diesen Blick nicht bemerkt hat.
Ich küsse sie wieder. Sie wirft den Kopf zurück. Dabei macht er doch so wenig mit dir. Dieser Mann tut nichts anderes, als dich zu lecken.

Sein Mund klebt nun an ihrer Spalte. Ich beobachte, wie er langsam den Unterkiefer bewegt, als flüstere er ihr geheime Wörter zu. Sie lauscht mit ihrem ganzen Körper.
Ihre Brüste heben und senken sich. Ich lege meine geöffneten Handflächen darauf.
Sie sind fest. Kompakt.
Sie umklammert meine Handgelenke. Drückt sie. Dreht sie. Ich soll dich so kneten, stimmt's? Viel schöner wäre es, wenn ich es aus deinem Mund hören würde.
Sie legt ihre Hände auf meine und presst mir die Fingerknöchel zusammen.
Ich tue, was du willst. Ich tue alles, was du willst.
Darias Atem entnehme ich, dass er jetzt auch die Finger einsetzt. Ihre Säfte nässen seinen blonden Kinnbart.
Ich steige auf die Matratze.
Ich zwicke Daria in die Brustwarzen, während ich sie küs-

se. Sie verteilt ihre Zunge auf meiner. Sie überlässt sie mir und stöhnt. Ich lecke ihren Hals, ihr Brustbein.

Ich atme mit ihr im Gleichklang. Schließe die Augen und lausche ihr.
Es ist, als sei ihr Brustkorb ein Resonanzboden der Gefühle.
Alles, was sie fühlt, überträgt sich zeitlich versetzt auf die Oberfläche ihrer Haut.
Mach weiter.
Hier bin ich.
Hier bin ich.
Ich küsse sie wieder. Sie kneift die Augen zusammen. Als täte er ihr weh.
Öffne sie und sieh mich an.
»Mach die Augen auf.«
Sie tut es. Öffnet sie. Sieht mich an.
Sie ist hilflos. Entwaffnet. Verzehrt sich.

Ich streichele sie.
Ich flüstere ihr Sachen zu, die ich gerne hören würde, wenn ich so ahnungslos wäre. Wenn ich sie wäre. Wenn ich es noch nie mit jemandem getan hätte. Dann löse ich mich von ihr. Lasse sie ein wenig mit sich allein. Ich möchte nicht, dass sie mir irgendetwas vorwerfen kann. Ich möchte, dass sie ihre Momente mit ihm hat und fertig.
Gianfranco sieht mich an. Seine Finger setzen das fort, was er jetzt nicht mehr mit dem Mund macht.
Ich komme näher.
Er küsst mich. Er schmeckt nach ihr.
Er schmeckt gut.
Er bedeutet mir, den Mund dorthin zu legen, wo er ihn hatte. Ich habe gute Arbeit geleistet. Sie ist vollkommen glatt, genau wie ich mir am besten gefalle.

Gianfranco küsst mich erneut, dann flüstert er ihr wieder Dinge zu, bis sie sich aufbäumt.
Ich tue es ihm gleich. Unsere Zungen begegnen sich zwischen den Rosenblüten ihrer Haut.

Wir entfernen uns.
Ich stehe kurz auf. Möchte vor allem eines tun. Ich kehre zu Darias Gesicht zurück.
»Streck die Zunge raus.«
Sie schiebt sie über die Unterlippe, als erwarte sie die Hostie. Ich fahre mit meiner Zunge platt über ihre.
»Schmeckst du es? Schmeckst du dich?«
Sie lächelt, stöhnt, weint fast. Keine Ahnung. Tausend Dinge zugleich. Sie ist ein dankbares Tierchen. Zügellos.
»Du schmeckst nach Zitrone. Und nach Salz.«
Mit großen, feuchten Augen sieht sie mich an.
»Du schmeckst wunderbar.«
Sie ist glücklich.
Darias Zunge treibt einen in den Wahnsinn.
Ich möchte weitermachen. Daria, lass uns weitermachen. Ich darf doch, oder? Ich möchte dich immer weiter so sehen.

Ich kehre nach unten zurück. Ihr Geruch ist berauschend. Mein Mund füllt sich mit ihrem Geschmack. Es prickelt auf der Zunge, aber der Geschmack verwässert schnell, wird salzig.

Daria ist in Ekstase. Und ich mit ihr.
Siehst du? Das genügt mir schon. Hätten wir es heute Nachmittag getan, wäre es nicht dasselbe gewesen. Du hättest nicht gewollt. Zu hell. Zu viele Fragen. Verkehrte Dinge. Heute war es schon viel, dich halbnackt auf dem Tisch liegen zu haben. Wir hatten ein gutes Alibi. Aber sonst nichts. Mehr ging nicht. Hast du das gemerkt? Jetzt

ist es etwas anderes. Ist es viel mehr. Ein falsches Gefühl heute Nachmittag, und du wärst jetzt nicht hier bei mir.

Gianfranco schlüpft aus seiner Hose. Kurz darauf ist er nackt. Komplett.
Er mustert Daria.
Ich rücke zur Seite.
Ich will ihn sehen.
Er spreizt sie mit Daumen und Zeigefinger und legt die Spitze seines Geschlechts darauf, nur ganz leicht.
Er hält inne.
Kurz darauf lässt er sich langsam hineingleiten, während er die Augen schließt und unverständliche Worte murmelt, die ihm lautlos auf den Lippen hängenbleiben.
Er atmet aus.
Darias Möse ist eine Fleischblüte.
Dann zieht er sich wieder heraus und lässt ihn sich von mir lecken. Ihr Geschmack ist so noch intensiver.
Er löst sich von mir.
Dringt wieder in sie ein.
Diesmal weite ich Darias Rosenblüten. Ich betrachte sie dabei.
Es ist schön, Daria, stimmt's? Du weißt nicht, wie schön du bist. Du hast keine Vorstellung, wie du beschaffen bist. Diese Lust, dich zu verderben.

Nach einer Weile erhebe ich mich.
Ich stehe jetzt neben ihm. Ich streichele ihm über den Rücken, über den Hintern.
Das hat er nicht erwartet.
Es ist schön, zu sehen, was er sieht. Die weit geöffnete Daria. Die offenherzige Daria. Die stöhnende Daria.
Zwischendurch ruft sie nach Gott.
Ruf ihn ruhig. Schrei nach ihm. Aus voller Kehle.
Sie ist wunderschön.

Gianfranco sagt kein Wort zu mir. Er tastet nach mir und schiebt mir den Träger des Unterhemds über die Schulter, sonst nichts.
Ich bringe es zu Ende. Ziehe mich nackt aus. Als er mich ansieht und mich anfasst, bin ich klatschnass. Ich lasse ihn gewähren. Ich lasse mich heftig nehmen, während ich seinen Hals abküsse.
Ich stelle mich auf die Zehenspitzen, damit er auch da hinkommt, wo ich ihn haben will.
Er löst seinen Griff.
Seine Hand rutscht über meinen Rücken, die Pobacken hinab. Von hinten dringt er ein, und indem er mich an seine Seite presst, macht er es wie zuvor, nur etwas weiter hinten. Ich halte mittlerweile Darias linkes Bein in die Höhe, um besser sehen zu können. Und damit sie mehr spürt.

Wir sind ein obszönes Trio.
»Leg dich auf sie.«
Ich tue wie geheißen.
Er löst sich von Daria. Ich lege mich auf sie, Bauch an Bauch, Busen an Busen.
Ich spüre Gianfrancos Becken, das in der Nähe meiner Pobacken zustößt.
Im Mund habe ich Darias Stöhnen.
Dann bin ich dran.
Ich stöhne in Darias Kehle, die Atem schöpft und es vermeidet, mich anzusehen.
Als Gianfranco sich von mir löst und in sie zurückkehrt, massiert er mich mit dem Daumen.
So macht er eine Weile weiter.
Daria kommt gleich. Sie kommt gleich.
Ihre Bauchmuskeln sind angespannt. Ihr Atem ist ein einziges Ja. Ein Ja, mach weiter, in immer höheren Tonlagen. Mit einer kehligen Note darin. Ihre Hände krallen sich in die Matratze.

Zerpflücke ruhig das Bett. Zerreiß die Laken, wenn du magst. Ich will, dass es ganz tief geht.
Lass dich fallen.
Sie schwitzt. Ist zerzaust. Angespannt.
Nun sollst du mir von nahem zeigen, wie du bist.
Mit den Händen dehne ich ihre Haut, so weit ich kann.
Gianfrancos Rhythmus spiegelt sich auf Darias Haut wider. Wellen der Lust modulieren ihre Atemzüge. Und den Schrei.

Meine Hände sind voll von ihr, von ihrem Hintern, ihrem Schweiß.
»Komm … Es ist schön, oder? Sag schon, dass es schön ist.«
Sie kann nur ja sagen.
Aber nicht zu mir.
Sie sagt es ihm, damit er nicht aufhört.
Mit der Zeit wirst du dich daran gewöhnen, zu antworten. Süße Unverschämtheiten zu flüstern. Ich werde dir alles beibringen.
»Genieße es, Daria. So! SO!«
Mein Kälbchen kommt.
Sie kommt mit einem erstickten Schrei, die Augen fest geschlossen. Ihr Orgasmus verhallt sofort. Sie behält ihn ganz für sich. Schließt den Mund und beißt sich auf die Lippen.
Die Implosion verliert sich in einem langen Atemzug.
Dann ist es vorbei. Sie hält inne. Alles wird wieder normal.
Er löst sich von ihr, langsam. Auch er schwitzt.
Wir schweigen einen Moment.
Ich halte Daria in den Armen, bis ihre Atemzüge wieder ruhiger werden. Dann helfe ich ihr, sich neben mich zu legen. Sie rollt sich ein wenig zusammen. Ich glaube nicht, dass ihr kalt ist.

Gianfranco legt sich zu uns. Neben uns. Er streichelt Daria über die Schulter.
Ich mustere ihn. Während sie ihren Orgasmus abfließen lässt, klettere ich über sie hinweg.
Er nimmt mich in die Arme und presst mich an sich.
Daria hält die Augen geschlossen. Sie scheint zu schlafen.
Langsam schiebe ich mich auf Gianfranco. Wir machen ohne sie weiter. Versuchen uns nicht zu heftig zu bewegen. Wir wollen sie ein wenig zur Ruhe kommen lassen. So lange sie möchte.
Gianfrancos Brust pikst mich.
Er rasiert sich manchmal, und die Haare wachsen dann stoppelig nach. Meine empfindliche Haut bekommt Flecken, wo er mich berührt.
Er hält meine Hüften umfasst. Unsere Füße streifen sich. Hin und wieder lasse ich mich gehen und lege mich komplett auf ihn. Mein Atem trifft ihn zwischen Schulter und Hals. Er duftet nicht nach Parfüm. Nur nach wachsendem Bart.
Zwischendrin halten wir inne.
Er legt sich hinter mich, sanft. Mit langen, langsamen Stößen. Er erreicht das Ziel und zieht sich zurück. Er streichelt mir über die Rückenbeuge.
Ich habe einen geraden, geschwungenen Rücken.
Er hält immer wieder inne, als messe er mit seinem Geschlecht meine Höhlen aus. Kurz darauf schiebt er sich wieder mit einem Ruck vor. Mit mir mag er es so. Die plötzlichen Stöße.

Daria hat die Augen geöffnet. Sie dreht sich um. Beobachtet uns.
Ich sehe sie nicht an. Bei ihm weiß ich es nicht.

Gianfranco wird jetzt schneller. Er achtet auf meine Kontraktionen. Auf meine Empfindungen.
Ich habe Vorfahrt bei uns beiden. Immer.

Daria bewegt sich. Ich kann ihre Füße erkennen. Ich glaube, sie hockt auf den Knien. Keine Ahnung. Gianfranco spüre ich immer mehr.
»Uhh … Verdammt …«
Seine ersten Worte heute Abend. Die ersten unkontrollierten Äußerungen, endlich.
Die Hitze wird nun immer stärker.
Das Gefühl der Erregung ist jetzt überall. Ohne Vorwarnung breitet es sich aus. Die Lustherde entzünden sich wie zufällig. Sie sind überall.
Ich verstehe gar nichts mehr. Ich weiß nicht mehr, was passiert. Ich weiß nur, dass Gianfranco nicht aufhören soll.
Mir ist schwindelig. Meine Ohren hören nichts mehr. Es ist nur noch heiß. Nass.
Ein Grunzen im Kopf.
Ich winde mich. Ich weiß nicht, was du mit mir machst, aber bitte hör nicht auf.
»… was?«
Scheiße, das glaube ich nicht.
Es ist Daria.
Sie berührt mich. Sie leckt mich.
Wie bist du denn darauf gekommen? Ist dir das selbst eingefallen? Oder hat er dich dazu gebracht?
Ich kann nicht glauben, dass du das tust. Woher kannst du das? Hm? Hast du dir das tatsächlich gerade ausgedacht? Wie lange hast du überlegt, ob du es wagen sollst? Tust du das, um mir eine Freude zu bereiten? Oder ihm?
Du lernst schnell.

Meine Blüte liegt geöffnet in ihrem Mund.
Sie machen weiter, bis sie sich in perfekter Übereinstimmung bewegen, mir beide das Fleisch kitzeln.
Sie ist mutiger geworden: Sie berührt, ertastet und dringt überall ein, wo sie probieren möchte, an jedem Punkt in ihrer Reichweite.

Dieses Mädchen treibt mich in den Wahnsinn.
Ich möchte sie ansehen, es ihr sagen. Aber sie kniet irgendwo da unten. Ich müsste zu viele Dinge tun: mich umdrehen, zur Seite rücken.
Nein, ich will nicht, dass sie aufhört.
Ich will, dass du weitermachst, Daria, genau so. Du bist unglaublich, weißt du das? Du treibst mich in den Wahnsinn.
Du bringst mich um, und wenn es so weit ist, explodiere ich auf deinem Gesicht.

Ich komme in Darias Mund.
Ich komme auf ihrer Zunge, ihrer Kehle, ihren Zähnen. Ich komme in diesem Mund, der sich nicht einmal traut, eine Möse beim Namen zu nennen, und jetzt eine leckt.
Ich komme mit einem gewaltigen Orgasmus.
Ich komme laut schreiend.
Ich komme, während Gianfranco mich immer noch ausfüllt, immer schneller wird und kurz darauf meine Pobacken mit einem langen, warmen Strahl besprengt, der mir klebrig über den Rücken läuft.
Dann fällt die Lust in sich zusammen und verstummt.
Nur unsere Atemzüge markieren die Zeit.

Ich spüre, wie Darias Hände mir über Hintern und Rücken fahren.
Unsicher betastet sie den warmen Saft, mit dem Gianfranco mich besprenkelt hat.

Einen Moment herrscht Schweigen.

»Möchtest du probieren?«
Gianfranco fragt das, während er mit den Knöcheln seinen Kleister auf mir verstreicht.
Darias Zunge überrascht mich erneut.

Sie ist da, fährt mir schnell über die Lenden. Schön dicht über die Haut. Ein rasches Schlecken. Entschlossen. Der letzte Schauder des Abends, der sich an jene reiht, von denen ich noch geschüttelt werde.
Du musst wunderschön sein. Schade, dass hier kein Spiegel ist, in dem du dich sehen kannst.
Ich werde einen aufhängen. Das nächste Mal wirst du dich sehen. Das schwöre ich.

Ich lasse den Bauch auf das Laken sinken.

»Wie schmeckt es?«, frage ich flüsternd.
Sie lachen leise.
»Mmmh.«
Wer weiß, was für ein Gesicht du dabei gemacht hast.

Ich bin völlig erschöpft. Glücklich.
Das Sperma trocknet ein und meine Haut beginnt zu spannen.
Ich kann mich nicht mehr rühren.
Dann rollt sie sich weg, berührt die Matratze nur mit den Handgelenken, als wolle sie nichts schmutzig machen.
Gianfranco bleibt noch liegen und zeichnet mir Schnörkel auf den Rücken.
Daria geht in Richtung Bad, ohne etwas zu sagen, die Finger in die Luft gespreizt.

»Ich gehe mit ihr.«
»Hm-m.«
Ja. Es ist besser, wenn er sie begleitet. So etwas kann er einfach großartig.

Sie schließen sich im Bad ein. Sie reden … keine Ahnung … ich kann nichts verstehen. Ich weiß, dass ich sie besser allein lasse.

Warum tust du das? Ist etwas passiert?

Ich schlafe ein.
Kurz darauf kommt er wieder ins Zimmer. Ich sehe zu, wie er ihre Kleider vom Boden aufhebt. Und seine.
Er streichelt mir über den Arm. Ich öffne leicht die Augen.
»Ich bringe sie nach Hause.«
Besser so.
»Kommst du dann zurück?«
»Ja. Wartest du auf mich?«
»Ich glaube kaum, dass ich mich so lange wach halten kann.«
»In Ordnung.«

Er verabschiedet sich von mir mit einem Kuss auf die Stirn. Dann schließt er sich wieder mit ihr ins Bad ein.

Kurz darauf höre ich entfernt das Brummen eines Motors. Ich weiß nicht, ob er gerade losfährt oder zurückkehrt. Ich habe nicht einmal mehr Lust, unter die Decke zu kriechen.
So schlafe ich wieder ein, ohne zu wissen, warum Daria sich nicht von mir verabschiedet hat.

Forza, Chiara!

Man sieht Chiara, wie sie sich ziert, noch.
Ihn einen Blödmann nennt.
Sich hinter einem Kissen versteckt. Dann steht sie auf, läuft ins Bad und schließt sich ein. Wahrscheinlich ist es Sommer, denn das weiße Muster ihres Bikinis zeichnet sich deutlich auf der gebräunten Haut ab. Und man kann sehen, dass es heiß ist. Am Licht. An der Wohnung.
Sie hat einen merkwürdigen Akzent. Ich glaube herauszuhören, dass sie aus Perugia stammt.
Die Sequenz bricht ab, das Video läuft weiter. Vielleicht wurde die Kamera aus- und wieder angeschaltet.
Zuerst unterhalten sie sich.
Jetzt hat sie die Kamera in der Hand und richtet sie auf ihn.
Man hat mir gesagt, Chiara sei sechzehn oder sogar noch jünger.
Er ist nicht übel, so nackt. Aber er ist nicht erregt. Absolut tote Hose. Rätselhaft, wie ihm das mit einem solchen Mädchen neben sich gelingt.
Sie reden.
Sie nennt ihn »mein Liebster«. Sagt immer wieder, wie schön er sei. Wie sehr er ihr gefalle. Sie schwört ihm ewige Liebe.
In drei Monaten wird sie seinen besten Freund vögeln.

Die Einstellungen wechseln, brechen abrupt ab. Dann hält er die Kamera wieder in der Hand.
Er sagt zu ihr: »Komm, mach die Beine breit.«
»Nein!«
»Komm schon!«
»Man kann eh nichts sehen.«
Er lässt nicht locker. Mit abgewandtem Blick spreizt sie die Beine, widerwillig. Er zoomt ins Zentrum.
Sie hat dunkle Haare.
Dicht.
Er berührt sie.
Sie stöhnt leise und schaut in die Kamera. Als hätte sie das schon Millionen Mal getan. Dabei ist es das erste Mal. Zumindest behaupten sie das.
Er nimmt die Finger weg.
Sie blickt dir aus dem Bildschirm ins Gesicht und sagt zu dir: »Blödmann.« Und du möchtest das noch tausendmal hören. Genau so. Während sie dich ansieht.

Ale hat seine Hand fest auf meinem Rücken liegen. Nun beginnt er mir den Hals zu küssen.
Auch er starrt immer noch auf den Fernseher. Ich drehe mich ihm ein wenig entgegen.
Da klingelt ihr Handy.
Warte, jetzt kommt das Beste.

\- - - - - - -

Ale gehört mir. Ich habe ihn hergebracht. Ich wollte ihn. Habe ihn gesucht. Abgepasst. Offen mit allen Mitteln umworben.
Per SMS habe ich ihm klar und deutlich gesagt, was ich von ihm will, welche Stellung und wie lange. Wir haben uns hier verabredet.
Er kam zu spät.

Die Wohnung ist leer. Es gibt keine Möbel. Es gibt nichts hier. Es hallt.
Wir müssten leise sein, aber keiner von uns spricht es aus. Ich glaube auch nicht, dass wir Lust dazu hätten.
Er küsst mich schweigend. Es ist besser, wenn er das Eis bricht.
Ich habe den Ort ausgesucht. Ich habe den Tag bestimmt.
»Ob's im Kühlschrank etwas zu trinken gibt?«
»Sieh selbst nach – wenn verschimmeltes Zeug drinsteht, will ich es lieber nicht wissen.«
Klar, die Wohnung meines Freundes steht quasi leer. Er nutzt sie nur, um mich und die anderen zu vögeln. Heute hat er sie mir überlassen.
Er ist fast nie hier. Und in diesem Kühlschrank könnten die Fruchtzwerge sitzen, nur weniger appetitlich.
Er wirft einen Blick hinein.
»Nein. Alles okay. Hier steht eine Fanta. Möchtest du?«
»Hm-m.«
Er zieht mich immer auf wegen meines »Hm-m«.
Es ist nämlich so, dass mein explizites Ja zu überzeugt klingt. Zu offensichtlich. Man hört zu deutlich, was ich will.
Er nimmt sich eine. Macht die Tür wieder zu. Öffnet die Dose. Probiert einen Schluck. Reicht sie mir. Ich trinke.
Dann küsst er mich wieder.
Er hat eine tolle Zunge. Schön breit. Ich schlucke Fanta und Speichel.
Auf dem Weg hierher hat er geraucht.
Ja. Ich glaube, ich und du, wir werden uns richtig gut amüsieren.
»Willst du die Sachen hierlassen?«
Er stellt seinen Rucksack ab. Lässt die Brille auf dem Tisch.
Ich lege Jacke und Tasche ab.
Er sieht mich an.

In diesem Moment will ich nur zwei Dinge wissen: Wie schaffen wir es hinüber ins Bett und wie kommen wir heute Abend hier wieder heraus?
Und ob wir uns etwas zu sagen haben werden. Ob jeder die Erwartungen des anderen wird erfüllen können.

Ale ist ein paar Jahre älter als ich.
Er ist der typische Fall von Mann, bei dem man sich immer fragt, wie man bloß an den geraten ist. Ein Mann mit einem Lebensstil, den ich niemals durchhalten würde.
Er ist Musiker. Geht zu unmöglichen Zeiten ins Bett. Mit Frauen wahrscheinlich, die sich ihm mit derselben Leichtigkeit anbieten wie ich.
Er ist jemand, der nie da ist. Entweder ist er auf Tour. Oder er schläft. Oder er hat endlich ein wenig Zeit zum Entspannen, mit Freunden oder seiner Freundin.
Sie hat allen Grund, eifersüchtig zu sein. Und meinen vollen Respekt dafür.
Ale und ich haben uns vor knapp zwei Monaten kennengelernt. Ich mochte die Art, wie er mich ansah. Als läge ihm stets eine Frage auf der Zunge.
Da habe ich beschlossen, es bei ihm zu versuchen.

Wenn ich dir nicht zuvorgekommen wäre, hättest du von dir hören lassen?

Wir sind nicht verlegen. Nein. Aufgewühlt vielleicht. Erregt. Vielleicht auch etwas enttäuscht von der Leichtigkeit, mit der alles vonstattengeht. Niemand hat uns im Treppenhaus aufgehalten und gefragt, wohin wir wollen. Wir mussten uns nicht verstecken. Mussten uns nicht zu viele Ausreden einfallen lassen. Alles ist glatt gegangen.
Aber wenn es bei uns beiden zu glattläuft, amüsieren wir uns nicht.

»Schön geräumig hier.«
»Stimmt.«
»Bist du oft hier?«
»Nein.«
Nein, ich bin nicht oft hier. Nur weil ich dir gesagt habe, dass ich und mein Freund es miteinander getrieben haben, heißt das noch lange nicht, dass es mit ihm genauso ist wie mit dir. Das verstehst du nicht.
Das ist eine ganz andere Geschichte.

»War nett von ihm, uns seine Wohnung zu überlassen.«
»Ja.«
»Ich weiß nicht, ob ich das machen würde … Ich meine – wenn eine Freundin, mit der ich mich gut verstehe, mich darum bäte, mit einem anderen herzukommen … Ich glaube, ich wäre eifersüchtig.«
»Nein. Wir sind nicht eifersüchtig aufeinander.«
Das verstehst du nicht. Mich und ihn verbindet diese Art von Beziehung, die man nicht erklären kann. Das ist einfach so. Wir sind nicht eifersüchtig. Wir sind keine Liebhaber. Wir verführen uns nicht gegenseitig.
Wenn wir etwas tun, dann um Dinge auszuprobieren, die mit anderen schwer zu initiieren wären. Du würdest es nicht schaffen, mit einer Frau eine solche Beziehung aufzubauen: Du bist zu sehr daran gewöhnt, zu gefallen.
Du bist zu sehr Mann.

Er wirft einen Blick in die Zimmer und erspart mir die Mühe, ihm zu erklären, wo das Schlafzimmer ist. Er findet es selbst. Er geht voraus. Setzt sich aufs Bett. Wir brauchen nichts zu sagen.
Er streift die Schuhe ab. Ich steige von meinen Hacken. Keine Ahnung, ob er sie mir wieder anziehen möchte, wenn ich nackt bin.
Er ist ziemlich gebräunt. Viel mehr als letztes Mal, als wir uns gesehen haben.

Sein Parfüm ist immer dasselbe. Man riecht es überall, doch am stärksten ist es hinter den Ohren.
Sein Hemd hat er schon aufgeknöpft. Ich streife es ihm ab. Er ist nicht besonders muskulös. Genau, wie ich ihn mir vorgestellt habe. Dafür hat er eine wahnsinnige Körperspannung. Das sieht man an seiner Art, sich zu bewegen. An der ruhigen Kraft, die von jeder seiner Bewegungen ausgeht.

Er zieht mir das T-Shirt aus.
Wir gehen langsam vor. Nur keine Eile. Wir haben alle Zeit der Welt, uns zu betrachten. Herauszufinden, was uns gefällt. Uns eine Ausrede einfallen zu lassen, wenn einer von uns irgendwann einen Fehler macht. Mal sehen, wer zuerst sagt: »Ich muss jetzt gehen.«
Eng umschlungen fallen wir auf die Matratze.
Er streift mir den BH ab und genießt es, wie ihm meine Brüste ins Gesicht springen. Er knetet, tastet, berührt, beißt mich. Dann rollt er mich neben sich.
Wir ziehen uns ganz aus.
Er ist keiner, der viele Worte oder Umstände macht.
Zwischen uns ist alles klar. Hier wird gefickt. Wir haben acht Stunden Zeit.
Wenn man sich bei jemandem wohl fühlt, kann das kurz sein. Andernfalls eine nicht enden wollende Ewigkeit.
Das ist unser Rausch.
Wir kennen uns kaum. Wir gefallen uns. Wir haben beschlossen, dass wir es tun wollen. Wir wissen nicht einmal, ob wir einander so lange ertragen.
Ich könnte verrückt sein. Oder du ein Triebtäter.
Wir haben beschlossen, dass wir es nicht kompliziert werden lassen wollen. Keiner kam auf die Idee, »ich liebe dich« oder so etwas zu sagen. Ich habe das vage Gefühl, dass wir es nicht sagen werden, auch wenn diese Beziehung länger andauert.

Er musste nicht lügen. Das war nicht nötig. Er musste nichts sagen, was er nicht denkt.
Ich habe ihm von Anfang an klargemacht, was ich wollte. Er hat es akzeptiert. Es hat eine Weile gedauert, aber er hat es akzeptiert.
Klar.
Warum hast du nicht sofort ja gesagt? Du hast ein wenig gezögert. Eine wie ich macht dir wohl Angst? Was dachtest du denn, was für ein Wahnsinns-Komplott dahintersteckt?
Ich habe dich gesehen, habe dich an den Haken genommen und beschlossen, dass ich mit dir ins Bett will.
Wie ich wohl auf dich gewirkt habe?
Ich bin das Einfachste der Welt, völlig hemmungslos. Aber dennoch hast du ein Weilchen gebraucht. Hattest du Angst? Hast du mir nicht getraut?
»Ich habe heute Morgen meinen Gürtel nicht gefunden …«
Er zieht sich eine Art Tuch aus den Gürtelschlaufen. Nun steht er in Unterhosen da. Eng anliegende schwarze Boxershorts.
Auch ich ziehe mich aus.
Wir sind nackt.
Er hat schöne Tattoos. Weniger, als ich dachte. Ich habe gar keins. Nur meine Narben. Und meine Muttermale.

Du weißt nicht einmal, dass ich bis vor ein paar Monaten ganz lange Haare hatte.
Vielleicht hätte dir das besser gefallen.

Wir legen uns nackt aufs Bett.
Er erforscht mich. Öffnet mich. Prüft mich. Ich lasse ihn machen. Er hat geschworen, dass er mich stundenlang lecken wird.
Ich weiß über ihn das Nötigste, um mich ihm anzuvertrauen. Er hat eine gute Ausstrahlung.

Wir nehmen uns sofort in den Mund. Wir passen perfekt zueinander. Sind unser Spiegelbild. Unsere Umkehrung. Unser Gegenteil.

Ale ist nicht groß. Vielleicht nicht einmal einen Meter siebzig.
Du bist der erste Mann, der mich nicht überragt. Du bist nicht uneinnehmbar. Bist lenkbar. Wenn ich wollte, könnte ich dich bezwingen. Könnte ich den Mann spielen und mich stärker fühlen als du. Vielleicht wäre ich es sogar.

Er kann wirklich gut mit der Zunge umgehen. Sie ist wirklich groß. Er nennt sie ein »Steak«.
Es stimmt. Ein sensibles Stück Fleisch, das neugierig forscht, findet und stimuliert.
Dann hält er inne und beobachtet, was geschieht.
Ich behalte ihn im Mund. Lecke. Sauge.
Wenn es ihm gefällt, bäumt er sich auf. Heftig. Machtvoll.
Ich muss ihm sagen, dass er langsam machen soll, sonst stößt er ihn mir zu tief in die Kehle. Sonst verursacht er mir noch einen Brechreiz, wenn er so stark zustößt.
Wir lösen uns voneinander. Sehen uns wieder ins Gesicht.
Umarmen uns. Er hat ganz helle Augen.
Grüne Augen. Die immer lachen. Und zwinkern.

Ich spreize die Beine und rutsche an sein Becken heran.
Das ist der Moment. Lass mich fühlen, wie du bist.
Ich öffne die Beine und lasse ihn hinein.
Ich möchte, dass du niemals aufhörst.

Ale ist schön. Sehr schön. Gut gebaut. Schmal. Hat am ganzen Körper keine Anzeichen übertriebener Männlichkeit. Auch nicht in seinem Verhalten. Er ist ein perverser Ephebe. Voller Hingabe. Lüstern. Äußerlich ist Ale ein sanftes Tier. Im Bett wird er Sex pur.

Ganz und gar.
Ale stößt fest zu. Als wolle er ganz hinein. Als genüge es ihm nicht, nur zum Teil einzutreten. Er gönnt mir keine Zeit zum Durchatmen. Ich würde mich gern noch weiter öffnen, aber mehr Platz ist da nicht. Mein Körper hat Widerstände, die man nicht überstrapazieren sollte. Die brechen können. Zerreißen. Weniger schön werden.

Er beobachtet mich ununterbrochen. Beharrlich. Er ist präzise in dem, was er tut.
Er umfasst meine Knöchel. Sieht mich an. Kniend fixiert er mich und hebt mich dann leicht in die Höhe.
Ich fühle mich wie ein Korkenzieher mit Hebeln. Seiner Neugierde geöffnet.
Er hatte angekündigt, dass er mich bis in den hintersten Winkel inspizieren werde.
Von oben lässt er Speichel herabtropfen. Er benetzt meine schon feuchten Schamlippen.
Er ist präzise. Wie ein Chirurg.
Mit der Schwanzspitze fährt er durch seinen Speichel und schiebt sich dann mit einem gezielten Stoß in mich hinein.
Obgleich er nicht groß ist, entfährt mir ein Schrei.

Auf dieser Matratze kann man wenig zerknautschen. Das Laken verrutscht nicht. Es ist ein Spannbetttuch mit Gummizug an den Ecken.
Ich möchte etwas, an dem ich mich festhalten kann, aber er hält mich fest.
Es gibt kein Kopfteil. Ich finde nirgendwo Halt. Ich habe nur ihn, der immer weiter zustößt. Der mich ausfüllt und sich wieder zurückzieht.
Dein Schwanz ist der einzige Punkt auf der Welt, an dem ich mich festklammern kann.
Ich lasse ihn tun, was er will.

Er dreht mich auf den Bauch. Lässt mich auf alle viere steigen.
Das ist eine meiner besten Positionen. Vielleicht der schönste Anblick überhaupt.
Er lässt mich einen Moment warten.
Mit dem Gesicht nähert er sich meiner Mitte. Dann mit der Zunge. Mit seinem Atem.
Wer weiß, wie ich rieche. Wie ich schmecke.
Er schiebt die Finger in mich hinein. Die Lippen.
Ich keuche gegen die Wand.
Vielleicht ist dort drüben jemand, der uns zuhört. Ich flüstere in die Ohren der Mauer.
Wenn auf der anderen Seite jemand an der Wand lehnt, muss es ihm gefallen. Vielleicht ist es ja so. Vielleicht hat sich eine Runde von Hörlustigen dort versammelt. Oder jemand hat genervt die Musik lauter gedreht. Oder den Raum verlassen.
Vielleicht ist dort drüben eine unterbezahlte und verträumte Philippinerin, die etwas komplett anderes macht, während du mir Genuss bereitest. Es ist nur eine Mauer, eine dünne Schicht Kalk, die uns vor der Scham schützt.
Denk immer daran, dass wir, du und ich, etwas tun, was wir nicht tun sollten.

Er stößt heftig zu.
Hält inne. Schaut. Fängt wieder an.
Ich lasse den Rücken durchhängen. Streife mit dem Gesicht über die Matratze. Er setzt sich auf mich. Auf meinen Hintern.
Mittendrauf. Als wäre es der Gipfel einer Bergbesteigung.
Er schiebt seine Füße vor meine, noch weiter, bis fast neben meine Hände.
Als genüge der Gipfel noch nicht, wie ein Jockey, der ganz vorne sitzt, vor dem Sattel. In meinem Innern streift er von unten nach oben, bis an meine Außenhaut.

Das habe ich noch nie gespürt. Von unten nach oben, wie ein unendlicher Anker. Gerade mal der letzte Teil meiner Öffnung hält ihn um Haaresbreite fest.

Hör nicht auf, Ale.
Hör nicht auf, das gefällt mir.
Lass mich dich ganz spüren.
Er ist beharrlich. Er schiebt sich wieder hinein und macht es noch mal. Und wieder. Lässt sich langsam hinausgleiten. Und noch einmal.

Wer weiß, wie obszön unser Anblick ist.
Leider gibt es keinen Spiegel. Ich würde dich gerne beobachten, während du wie ein Bock über mir hängst und mich zähmst. Brave Mädchen tun so etwas nicht. Sie liegen unten. Nehmen geschmeidige Stellungen ein. Haben immer einen Rest Schamgefühl, sogar im Bett.
Ich nicht.
Sieh nur: Hier hocke ich, den Hintern in die Luft gereckt, und lasse mich auf unwahrscheinlichste Art besteigen. Wie ein Tier.
Und du oben.
Was für ein Gesicht machst du? Wie siehst du mich an? Was denkst du?
Verlierst du ein wenig den Respekt vor mir? Ich hab dich auf die eine oder andere schmutzige Idee gebracht, stimmt's? Und so etwas hier? Tust du das mit den anderen auch?

Wir drehen uns und stecken uns bäuchlings ineinander. Ich möchte dich ganz und gar verschlingen, so reichst du mir nicht. So reicht es einfach nicht.
Unsere Haut klatscht aufeinander. Wir klingen feucht und voll.
Er lächelt mich an. Immer, sobald unsere Blicke sich treffen.

Auf einmal hält er inne und streckt die Zunge heraus. Lässt mich daran saugen.
Er lässt mich Dinge kosten, von denen er mir nichts gesagt hat.
Du schmeckst nach all den Worten, die du für dich behältst.
Er sinkt auf die Matratze. Überlässt mir die Initiative.
Ich sitze über ihm, stecke auf seinem Geschlecht, hocke auf ihm wie ein Frosch.
Ich gebe quakende Seufzer von mir, während ich die Tattoos lese, die seinen Körper schmücken.

Wir werden uns aus den Augen verlieren, ich und du. Das weiß ich.
Sieh dich an. Sieh nur, wie wir sind.
Du rufst mich niemals an, und auch ich bin eine, die sich eher selten meldet. Warum haben wir uns für ein Ja entschieden, wenn es dann doch zu nichts führt? Wahrscheinlich reicht uns das heute. Nur das hier. Was wird danach sein?
Wirst du das Gefühl haben, nur halb zu sein? Mir zu wenig von dir gegeben zu haben? Werde ich am Ende des Tages genug über dich erfahren haben, darüber, wer du bist?
Ich ertrage es nicht, wenn du mich falsch einschätzt. Du musst hier mit klaren Vorstellungen hinausmarschieren.
Und entscheiden, ob es sich lohnt, mich näher kennenzulernen oder nicht.
Ich werde dir nicht fehlen. Dein Leben ist prall gefüllt. Du bist Nitroglyzerin. Du bist eine Zeitbombe, die jederzeit hochgehen kann.
Ich bin ein Kriechtier, hänge am Bettrand und am Leben, ich betrachte, erforsche und bedenke alles, was ich sehe.
Wir haben entgegengesetzte Ziele. Unser Treffen war Zufall. Schicksal. Etwas, was im Vergleich zum Durchschnitt schiefgelaufen ist.

Ich und du leben in diesem Moment den Ausnahmezustand.

Ich löse mich von ihm.
Ich beginne an ihm zu saugen. Ihn zu lecken. Ich will ihn kommen sehen.
Seine Augen sind geschlossen. Er genießt jede Empfindung, die ich ihm schenke.
Mit welcher Phantasie liegst du jetzt da? Wen hast du vor Augen? Mit wem hast du gerade Sex? Mit mir jedenfalls nicht. Ich bin es nicht, die dich kommen lässt. Aber ich weiß schon, dass du mir niemals den Namen deiner Phantasien verraten wirst.
Ich werde niemals erfahren, ob sie ganz anders ist als ich. Vielleicht schon. Sonst würdest du mich ansehen.
Er atmet aus.
»Schön!«
Du bist schön. Wunderschön.
Du wirkst glücklich.
Ich will dich glücklich machen.
Er lässt sich noch eine Weile bearbeiten. Als er satt ist, kehrt er zu mir zurück. Legt mich wieder unter sich. Fixiert die Punkte, wo er hineinschlüpft. Tritt mit präzisen Stößen ein und aus. Mustert mich.

Du bist noch jung.
In zehn Jahren wird Ale perfekt sein. Er wird alles verstanden haben. Er wird noch besser wissen, wie man einer Frau Genuss bereitet.
Eine Sache musst du noch lernen. Etwas mehr Aufmerksamkeit darauf zu verwenden.
Natürlich, du bist schon gut. Du musst dich nur ein wenig selbst vergessen.
Genieße, was du mit mir tust. Fühle, was ich fühle. Schau dir an, was jeder einzelne Zentimeter von dir bewirkt. Nicht, was du fühlst, sondern was du bewirkst.

Darin liegt das eigentlich Schöne.
Ich bin dein vorübergehendes Nervenende. Bin die Fortsetzung deiner Epidermis. Der Resonanzkörper deiner Empfindungen. Du endest nicht, wo du aufhörst.
Nur das fehlt dir noch. Dann wirst du praktisch perfekt sein. Du bist es schon fast.
Werde großzügiger, Ale.
Und dann sieh mich an. Sieh mir ins Gesicht. Du hast gerade Sex mit mir.
Sieh mich an.
Wenn du wissen willst, was ich fühle, frage mich.
»Wo soll ich kommen?«
»Hier.«
Ich fahre mir mit dem Finger über den Hals bis zum Bauch.
Ich möchte eine Halskette aus deinem Sperma. Zwischen den Brüsten.
Schmücke mich.
Das Warme fließt, reichlich. Er ergießt seine Perlen über mich.
Und eins.

– – – – – – –

Er lässt sich auf mich sinken.
Er ist der Erste, der das macht. Die anderen vermeiden es. Manch einer berührt mich danach nicht einmal.
So liegen wir in der Schmiere. Klebrig. Erschöpft. Irgendwann rollt er sich auf die Seite.
Ich lasse ihn ausruhen. Fasse ihn nicht an. Ich warte ab, was er tut. Mal sehen, wie lange er braucht, bis er wieder loslegt.

Als die Reihe an mir ist, brauche ich nicht lange. Ich habe Lust auf ihn.

Er entblößt meine Klitoris und legt seine Zunge darauf.
»Warte … Ich bin zu empfindlich, du musst langsam machen.«
Allerdings.
Ich weiß, dass ich normalerweise das Vorspiel überspringe, aber hier musst du langsam machen. Meine Feige will umworben werden. Ganz unauffällig, so dass sie es fast nicht merkt.
Sie soll umschmeichelt werden. Gereizt. Umspült. Sie will überrascht werden.
Ich komme auch dann, wenn du den Abzug noch gar nicht gedrückt hast.
Er versteht es. Er begnügt sich mit den Geschmäckern der Umgebung. Er bepinselt sich mit dem Aftershave meiner Säfte.
Nach und nach öffnet er jedes einzelne Blütenblatt von mir.
Er hat einen kleinen Kinnbart, der sich anfühlt wie eine Biene, die in mir badet.
Sieh mich an. Sieh, wie die Wollust mich durchzuckt.
Ich komme zwischen seinen Lippen, in sein Lächeln. Ich komme in seine Stimme, die mir leise »braves Mädchen« zuflüstert.
Er lässt mich einen Moment Luft schnappen. Dann dringt er in mich ein. Meine Lustschauer dauern noch an. Ich habe das Gefühl, auf einmal viel enger zu sein.
Er macht weiter wie zuvor, während ich noch unten liege.

Es stimmt nicht, dass du es magst, wenn du einen Orgasmus in den Mund bekommst. Du hast mich angelogen, als du das geschrieben hast.
Du magst das Gefühl zu siegen. Mich zur Kapitulation zu zwingen und den Preis zu sehen, den ich dir verleihe. Ich bin schön, wenn ich komme. Aber wenn du in mich

eindringst, nimmst du mir alles. Nach und nach erlösche ich unter dir. Ohne dass du etwas sehen kannst. Es ist, als würdest du mir mit der Hand den Mund zuhalten. Du musst lernen, mich zu Ende kommen zu lassen.
Warte.
Warte.
Aber er macht weiter. Kurz darauf tropft warmer, dickflüssiger Saft über mich.
Wir sind nicht gemeinsam gekommen.
Und zwei.

– – – – – – –

Jetzt liegt Chiara auf dem Sofa.
Die Videokamera steht auf einem Möbelstück.
Er hat sich eine Zigarette angezündet. Sie telefoniert mit einer Freundin. Ihr Freund wird ungeduldig. Er bedeutet ihr mit Gesten, Schluss zu machen. Sie redet weiter.
Dann kniet er sich vor sie.
Er blickt direkt in die Kamera. Er sieht dich an und hebt den Zeigefinger. Mit den Lippen formt er das Wort »eins« und steckt den Finger in sie hinein. Sie rührt sich nicht. Spricht weiter.

Ale ist begeistert.
Ich wusste, dass es dir gefallen würde. Du hast nicht damit gerechnet, dass ich ein Video mitbringe, oder?
Er nimmt den Finger wieder heraus. Blickt in die Kamera: »Zwei.«
Sie plaudert weiter. Er bewegt sich ein wenig in ihr.
Dann fährt er fort.
»Drei.«
Und steckt sie ihr tatsächlich hinein.
Sie kann immer noch weiterreden. Doch das Gespräch stockt. Die Pausen werden länger. Sie redet weniger. Man

sieht, dass es ihr gefällt, aber sie kann sich nach wie vor zusammenreißen.
»Vier.«
In einem Atemzug sagt sie zu ihrer Freundin: »Ich muss jetzt Schluss machen.« Während seine Hand fast komplett in ihr verschwindet.

Ale sieht mich verblüfft an. Er küsst mich. Er ist wieder erregt.
Er legt sich auf mich. Er sucht meine Öffnung, dringt ein und starrt dann wieder auf den Bildschirm. Ich will ihn anstacheln.
»Die macht mich wahnsinnig.«
»Sie ist echt cool.«
»Was mich unglaublich antörnt, ist, dass sie weiter telefoniert, als ob nichts wäre. Ein echtes Flittchen.«
»Was würdest du mit ihr tun?«
Er heftet seine grünen Augen auf mich. Ich mag es, wenn er mich so ansieht.
»Zuerst würde ich sie ans Bett fesseln.«
Ale wird schneller.
»Dann würde ich anfangen, sie zu lecken, aber nicht innen …«
Er starrt mich an.
Ich erzähle es, als würde ich alles mit ihm machen.
»Ich würde sie ein bisschen erregen. Ich will hören, wie sie mich anfleht, in sie einzudringen. Sie muss betteln, dass ich sie nehme …«
Als er nachlässt, schmerzt meine Spalte ein wenig.
Er sieht hin, was er tut.
Dann betrachtet er Chiara, die auf dem Rücken liegt, während ihr Verlobter sie mit Unterbrechungen leckt.
Ich lasse nicht locker.
»Selbst dann würde ich sie noch nicht erhören. Ich würde sie noch weiter leiden lassen. Sie muss so nass sein, wie es

nur geht. So eine ist doch daran gewöhnt, immer sofort alles zu bekommen. Ich will sie in den Wahnsinn treiben.«
Er atmet aus.
Schließt die Augen.
Setzt schnelle Stöße.
Immer schneller.
Dann wird er langsamer.
»Ich würde an ihren Nippeln knabbern.«
Das Reden fällt mir schwer. Es gefällt mir. Er ist stark.
»Dann würde ich mein Gesicht in sie versenken.«
»Hast du jemals die Möse einer Frau geleckt?«
Eine nüchterne Frage.
»Nein.«
Vielleicht hätte ich ihn anlügen sollen.
»Vielleicht können wir ja mal gemeinsam eine lecken.«
Er steckt mir seine Zunge in den Mund.
Ganz.
»War das ein Ja?«
»Ja!«
Dabei reißt er die Augen auf.

Was für eine schöne Stimme du hast, wenn es dir gefällt. Das törnt mich noch mehr an.
Chiara leckt großzügig ihren Verlobten. Es ist beeindruckend, wie wenig Wirkung das auf den Typen zu haben scheint.
Halb Italien hat sich angesichts seiner telefonierenden Freundin einen runtergeholt, und er – nichts. Er hat nicht einmal die weißen Socken ausgezogen.

Der Film ist zu Ende.
Ale wirkt nicht enttäuscht. Der Bildschirm wird blau. Dann schwarz.
»Ich will dich in meinem Mund.«
»Komm her.«

Er streckt sich aus.
Ich steige auf ihn.
Wir machen die 69.
Ich koste von dem, was ihn noch von mir umgibt. Dann nehme ich die Hand zu Hilfe.
Ich bin schnell. Stark. Er atmet immer heftiger.
Schade, dass ich dich nicht sehen kann.
Ich lasse nicht nach. Die Haut trocknet schnell. Ich werde langsamer. Ich müsste ihn anfeuchten, nass machen. Sonst tue ich ihm womöglich weh.
»Ich will kommen!«
Ein entschiedener Befehl.
Es fehlt nicht viel.
Ich mache heftig weiter. Sehr heftig.
Er explodiert.
Ich nehme ihn in den Mund. Er zieht sich sofort zurück.
Du bist einer von diesen Hypersensiblen.
Ich höre auf.
Seine Atemzüge beruhigen sich schon wieder.
Ich strecke mich neben ihm aus.
Es geht ihm gut. Er sieht mich glücklich an. Ich lache. Mit dem Finger wische ich mir den Brei aus seinem Schwanz ab, der mir aus dem Mundwinkel läuft. Ich sauge ihn auf. Er ist süßlich. Mit ganz leichtem Geschmack.
»Du schmeckst gut.«
Und drei.

– – – – – – –

Eben waren wir kurz unten. Haben uns ein Sandwich gekauft. Dann sind wir wieder hochgegangen und verzehren es nun nackt im Bett.
Er liebt es, nackt zu sein. Er erzählt mir, dass er neulich Abends mit Freunden in einem Hotelzimmer war und plötzlich ohne Kleider und betrunken dalag.

»Hattest du schon viele Frauen?«
»Um die fünfzig.«
»Durchschnitt.«
Ich wusste ja, dass es nicht wenige waren.
»Und du? Viele Männer?«
»Weniger als zehn«, dich nicht mitgezählt.
»Du hast ja noch Zeit, die fünfzig vollzumachen.«
Das wird nicht passieren. Mich interessiert es nicht, möglichst viele zu haben. Mich interessieren nur die Besten.

Er witzelt über meinen festen Hintern.
Er meint, früher oder später werde er vor Publikum darauf spielen wie auf einer Trommel. Wenn er mich jetzt ohrfeigen und mich eine Hure nennen würde, hätte ich höchstwahrscheinlich mehr Spaß daran.

Ich wette, das hast du noch nie gemacht.
Wenn du willst, lasse ich es dich ausprobieren. Aber nur mit Vorbereitung. Sonst riskiere ich, dass du es nicht magst. Am Ende missverstehst du mich noch. Und das möchte ich nicht.
Er bettet mich auf die Krümel.
Wir sind beide müde.
Er widmet sich mir.
Er ist wohlerzogen.
Er möchte nicht, dass der Tag endet und ich mit einigen Orgasmen im Hintertreffen bin.

Als er mit den Fingern in mich eindringt, schmerzt es fast. Meine Haut glüht. Ist geschwollen. Ich kann nicht mehr zählen, was er alles mit mir tut. Jeder Kuss brennt. Er zerrt an meinen Hautlappen, sogar mit den Zähnen. Ein wenig macht er es auch an den Brustwarzen, weil er mich gerne »Autsch!« rufen hört. Er will, dass ich mich ergebe.
Ich bin total erschöpft.

Ich weiß nicht, wie lange er weitermacht. Er lässt die Finger spielen. Ich wüsste gerne, was du alles neu entdeckt hast und was du schon vorher wusstest. Ich glaube nicht, dass ich mich sehr von der Norm unterscheide, oder? Vielleicht sagst du es mir noch, falls es ein zweites Mal geben wird.
Ich will kommen.
Ich will zum Ende kommen, weil ich nicht mehr kann.
»Leck mich. Bitte. Bitte. Bitte …«
Früher, mit einem anderen Mann, hätten diese Bitten nicht ausgereicht.
Ich hätte um Gnade flehen müssen. Wimmern. Mich erniedrigen. Erst dann hätte er mich erhört.
Das erzähle ich dir aber heute nicht. Vielleicht werde ich keine Gelegenheit mehr haben, es dir zu erzählen.
Du weißt nur wenig, Ale.
Sehr wenig, angesichts der Flut von Gefühlen, die ich dich lehren und empfinden lassen könnte. Heute ist es so gelaufen.
Vielleicht genügt dir das schon. Vielleicht bist du gesättigt und das ist für dich das Ufer.
Ich weiß es nicht. Und wenn du hier raus bist, wirst du es mir nicht mehr sagen. Ich werde es erst wissen, wenn ich es dich fühlen lasse.
Wenn du mich wiedersehen willst.
Wenn es so ist, werde ich dich warten lassen. Auch das musst du lernen.

Die Lust ist diesmal weniger intensiv als zuvor.
Ich bäume mich auf, und sie fließt schnell ab, weil er eingedrungen ist. Er braucht nicht lange.
Die Haut ist jetzt quasi unempfindlich. Zu geschwollen.
Ich fühle nur noch ein Brennen, wenn er hinein- und hinausgleitet. Aber es gefällt mir.
Du weißt nicht einmal, wie schmal der Grat zwischen

Schmerz und Genuss sein kann. Wie schnell er zerbrechen kann. Alles vermischt.
Es sind Zeichen. Elektrische Entladungen des Gehirns. Entscheidend ist nur, wie du sie liest.
Wie du lernst, sie zu fühlen. Schön ist, wenn der Schmerz dir keine Angst mehr bereitet.
Alle Empfindungen der Welt schlagen über dir zusammen, und du bist daran gewöhnt, sie auszuschließen.

Das muss man probieren.
Er ejakuliert warmes, durchsichtiges Wasser.
Farblos.
Seine Stimme bringt keinen Schrei mehr hervor.
Wir haben unsere Körper trockengelegt.
Mehr geht nicht.
Und vier.

– – – – – – –

Morgen wird uns alles wehtun. Vielleicht werden wir ein paar Anstands-SMS wechseln.

Wir liegen nebeneinander.
Es ist fast fünf.
»Ich muss bald gehen. Ich habe noch ein paar Dinge zu erledigen.«
Ich wusste, dass du als Erster durch die Tür gehen würdest.
Besser so. Jetzt kommt sowieso nur noch der Verlegenheitsteil. Ein Gesprächsthema zum Abschied zu finden.
Zum Glück regnet es, so können wir auf das Wetter schimpfen.
Wir ziehen uns an. Wir holen unsere Taschen aus der Küche und gehen.
Unten fällt Ale etwas ein: »Die Kassette?«
Steckt noch im Videorekorder.

»O nein! Na ja, dann sieht er sie sich eben an, wenn er das nächste Mal herkommt.«
Später rufe ich meinen Freund an und sage es ihm. Ich muss ihm sowieso noch die Wohnungsschlüssel zurückgeben.
Er wollte »Forza, Chiara!« schon länger mal sehen.
Vielleicht können er und ich ihn uns ja gemeinsam anschauen, während du mit einem Mädchen in einem Hotelzimmer liegst, mit einem Groupie, das dir aus dem Publikum zugejubelt hat.

Ich begleite ihn bis zur U-Bahn.
Ich verabschiede mich, und wir gehen unserer Wege.

– – – – – – –

Heute ist der 27. Oktober. Zwei Wochen sind vergangen. Gerade habe ich eine Nachricht von ihm auf meinem Handy erhalten. Aber ich hatte ja schon beschlossen, dich ein wenig warten zu lassen.

Du weißt ja, wenn alles zu glatt läuft, haben wir keinen Spaß, ich und du.

Der Mann, der mich wäscht

Er hat mir einen Schwamm gekauft.

Damit wäscht er mich, wenn ich zu ihm gehe, um mit ihm Sex zu haben.
Ich habe ihn nicht darum gebeten. Das war ganz allein seine Idee.
Er hat ihn in der Drogerieabteilung besorgt. Hat ihn zusammen mit den anderen Sachen in den Wagen gelegt. Zwischen unnütze Artikel und solche, die er wirklich braucht. Er hat auch Dinge eingepackt, die er für die anderen benötigt. Lebensmittel. Getränke. Dinge, die er auf unübliche Art und Weise benutzen wird, je nachdem, wonach ihm der Sinn steht.
Für einige wird er kochen. Andere wird er mit einer eigenartigen Lotion waschen. Oder ihnen mit duftendem Babyöl die Haut einreiben.
Für mich hat er das ausgewählt. Einen Schwamm, um mich zu waschen.

Vielleicht hat er sich sogar etwas dabei gedacht.
Hat sich ausgemalt, wie ich bin. Jeder Zentimeter meiner Haut. Hat überlegt, was er mir sagen wird. Wie er mich ausziehen wird. Vielleicht hat er an verschiedenen Düften gerochen, Flaschen mit Badezusätzen geöffnet, so dass die Verkäufer schon komisch geguckt haben. Viel-

leicht hat ihn auch einer freundlich gebeten, damit aufzuhören.

Wie hast du es ihm erklärt?
Hast du offen gesagt, du brauchtest etwas, um mich einzuseifen?
Zutrauen würde ich dir das. Ich wette, du hast es getan. Hast ihm Vor- und Nachnamen genannt.
Er kennt mich ja sowieso nicht. Du hast ihm von mir als einer willigen Bettgespielin erzählt.
Eine, mit der man gerne vor seinen Freunden prahlt. Hast du allen erzählt, wie gut ich mit dem Mund bin? Denn das mache ich doch wirklich gut, nicht wahr?

Er hat einen Schwamm genommen.
Meinen.
Apricotfarben. Er riecht noch nach der Seife, die er benutzt, wenn er mich wäscht.
Ich weiß nicht, ob er sie auch benutzt, wenn ich nicht da bin. Ihren Duft kann ich jedenfalls nicht auf seiner Haut finden.

Er riecht nach vielen Dingen. Nach teurem Aftershave. Nach Tinte. Nach Papier.
Seine Wohnung ist voll davon.
Und später hat er den süßlichen Geruch nach Sperma an sich. Nach Schweiß. Aber immer erst hinterher.

Mein Schwamm liegt immer am selben Platz, auf dem rechten Wannenrand. Vielleicht reibt er sich ja an einsamen Nachmittagen daran. Wenn er wirklich nichts anderes zu tun hat.
Er ist sehr ordentlich. Vielleicht sogar penibel. Wenn ich komme, liegt immer alles an seinem Platz. Und wenn ein Zimmer mal in Unordnung ist, verrammelt er die Tür und

lässt mich nicht hinein. Er hält mich draußen. Schreit, ich könne sonst womöglich meine Meinung über ihn ändern.
Dabei habe ich gar keine Meinung über ihn.
Mir reicht es, wenn alles so weitergeht wie bisher. Mich interessiert nur sein Körper. Das, was er mit mir tut.
Und das, was er mir sagt.

Mehr will ich gar nicht von dir.

Er legt besonderen Wert darauf, dass immer alles bereitsteht, wenn ich komme. Ich bin seinen Entscheidungen komplett ausgeliefert. Dem, was er mit mir tun will.
Oder was er mir kochen will.
Ich besuche ihn spontan. Rufe gerade früh genug an, damit er sich ein bisschen frisch machen kann.
Manchmal ist er schon nackt. Hat sich die Decke bis zur Nase hochgezogen. Oder mit dem Geschlecht an der frischen Luft. Beim Rasieren.
Ich sollte ihm sagen, wie gerne ich ihn ausziehe. Ich liebe es, ihm das Unterhemd aus der Hose zu zupfen. Zu sehen, wie der Stoff sich unter meinen Fingern dehnt. Zu hören, wie er keucht, noch bevor es richtig losgeht.
Ich rufe ihn an, wenn ich unterwegs bin. Mindestens eine Viertelstunde vorher. Ich lasse ihm immer genug Zeit, sich Fragen für mich auszudenken. Und was er diesmal mit mir machen will.
Wenn ich ein paar Minuten zu spät komme, ruft er mich an. Will mit mir sprechen. Fragt nach allen Einzelheiten, um sie sich vorzustellen. Je nachdem, wie lange er allein war. Und wie lange ich es geschafft habe, mich rarzumachen.
Er will wissen, wo ich bin. Wie viele Haltestellen noch zwischen uns liegen. Ob Leute da sind. Was ich anhabe.
Dann flüstert er zum Abschied: »Ich warte auf dich.«

Vielleicht ist er ein Romantiker.

Ich klingele.
Er antwortet ganz ruhig.
Er ist es gewohnt.
Deutlich sagt er hallo und nennt die Etage.
Ich weiß, wo ich hinmuss. Vierter Stock. Das vergesse ich nicht. Immerhin gehe ich seit drei Jahren in seiner Wohnung ein und aus.
Aber er will Irrtümern vorbeugen.
Ich komme immer an.
Er hat scheue Nachbarn. Dazu eine praktisch nichtexistente Pförtnerin. Noch nie hat mir jemand Fragen gestellt.
Der Aufzug wird früher oder später den Geist aufgeben. Zuerst muss man die Türen in einer ganz bestimmten Reihenfolge schließen, dann erst darf man den Knopf für das entsprechende Stockwerk drücken.
Ich habe ihm nie gesagt, wie sehr ich den Anblick der nackten Mauer hasse, die an der Glastür vorüberzieht.

Begonnen hat alles mit einem Mittagessen.
Ich habe eine Einladung in seine Wohnung angenommen.
Er hatte mir Pasta gekocht, einen kleinen Tisch im Zimmer gedeckt und eine Flasche Rotwein geöffnet. Ich weiß nicht mehr, was ich trug. Er hat mir unschuldige Fragen gestellt, dann hat er mich auf dem Sofa Platz nehmen lassen und in japanischen Mangas geblättert, die ich noch nie gesehen hatte.
Er hat mich geküsst.
Aber Sex hatten wir nicht damals. Damit haben wir gewartet, bis er von seiner Reise zurückkam. So hatten wir genügend Muße, nachzudenken und uns gegenseitig zu erzählen, was wir gerne tun würden.
An dem Tag, als ich auf diese Klingel drückte, war längst klar, was mich erwartete.
Kein Umwerben. Kein verlegenes Gerede.

Er hat mich ausgezogen, mich immer wieder herumgedreht und mir gesagt, wie leicht ich sei.

Ich weiß nicht, was es ist. Ob es eine Beziehung ist. Oder ein Spiel.
Jedenfalls hat es nichts mit Liebe zu tun, glaube ich.
Wenn es so wäre, würde ich mich nicht mit den Fertigsoßen zufriedengeben, die er mir manchmal aufwärmt.
Wir müssten Fotos von uns beiden machen, mit Rahmen.
Wir brauchen Erinnerungen.
Souvenirs. Etwas, was wir uns vorwerfen können.

Wenn ich deine Frau wäre, hättest du mir Unterwäsche gekauft, würdest bestimmte Dinge von mir wissen wollen, mich vorzeigen, wenn wir unterwegs sind.
Aber ich genüge dir so, wie ich bin.

Ich und er, wir haben nur Sex.
Er stellt mir keine Fragen. Weiß kaum etwas über mich.
Meinen Vor- und Nachnamen. Was ich arbeite. Meinen Familienstand. Ein paar vage Andeutungen über meine Vergangenheit.
Mehr weiß er nicht.
Von ihm weiß ich nur, was ich hier sehe, und manchmal lese ich seine Zeitungen.
Wären wir ein Paar, würde ich ihn fragen, von wem die Nachrichten auf seinem Anrufbeantworter stammen. Wer die Frau war, die neulich anrief, als ich gerade da war.
Bei uns ist das anders. Ich und er, wir »sehen« uns nur.
Darauf beschränkt sich alles.
Natürlich wüsste ich gerne, wo sie ist, wenn es jemanden an meiner Stelle gibt. Wer sich um ihn kümmert, wenn er krank ist.
Das wüsste ich gern. Ehrlich. Aber ich frage ihn nicht danach.

Ich rufe nicht an. Ich suche ihn nicht. Er wird es mir schon sagen. Auch wenn er mir normalerweise lieber andere Dinge ins Ohr flüstert.
Er ist er Einzige, bei dem ich das Gefühl habe, schön zu sein. Der es mir immer wieder sagt.
Er behauptet, ich sei ein Hauptgewinn. Das Mädchen, das aus der Torte steigt und dem Fest Sinn gibt.
Er sagt, ich sei wild und sanft. Ich wisse gar nicht, wie ich auf Männer wirke.
Mir reicht es zu sehen, wie ich auf ihn wirke.

Wir telefonieren nur miteinander, um uns abzustimmen, ein Treffen zu vereinbaren.
Wir hören uns, um uns zu sehen. Höflichkeiten heben wir uns für das Schlafzimmer auf.

Ich denke oft an ihn. Aber mehr als das hier gibt es nicht.
Ich greife nicht zum Hörer. Auf jedes Treffen folgten bisher Tage des Schweigens.
Heute war es schon der fünfte. Dann habe ich angerufen, um ihm zu sagen, dass ich, falls er Lust habe, gerade Zeit hätte.

Wir sehen uns nur, um Sex zu haben. Wir machen nichts anderes miteinander.
Ich möchte nicht sein Leben ändern. Ich bin nicht hier, damit es ihm besser geht oder schlechter.
Ich bin nicht die Frau seiner Träume.
Wenn es so wäre, hätte er mir längst einen Platz eingeräumt. Hätte Regale geleert. Seine Zahnbürste zur Seite geschoben.

Aber so ist es nicht.

Ich bin nur die Frau, die an deiner Tür klingelt, deine Wohnung betritt und dich zum Kommen bringt.
Mehr nicht. Das ist alles. Ehrlich. Mir reicht es.
Das Einzige, was ich will, ist, weiterhin in diesen Aufzug zu steigen und allein in die Wohnung eines Typen zu fahren, den ich so gut wie nicht kenne.

Du könntest der fieseste aller Typen sein. Ich habe keine Ahnung, wo du abends so hingehst.
Ich weiß, dass du einmal mit einem Freund um die Häuser gezogen bist. Blöder Einfall, ihn mir vorzustellen, was?
Ihr wart auf der Jagd, und ich wette, er war erfolgreicher. Dabei sieht er nicht besser aus als du. Er ist auch nicht besser. Er hat einfach die größere Klappe.
Habt ihr euch jemals die Beute geteilt?
Mit mir hättest du die Gelegenheit gehabt, aber du hast es lieber seinlassen.

Zwei Jahre haben wir uns nicht gehört.
Dann haben wir wieder angefangen.

Heute hat er seine Kleider noch an. Es ist ihm also aufgefallen. Und er hat darauf reagiert.
Ich betrachte ihn gerne. Ich finde ihn zum Sterben schön.
Er hat eine ganz eigene Art zu atmen. Zu schlucken.
Wenn er spricht, hält er kurz inne, um nachzudenken, und sagt zuallererst einmal »Ja«.
Er hat immer saubere Handtücher für mich. Jedes Mal andere. Ich glaube, sein Schrank ist voller Handtücher. Manche haben eine Geschichte.
Einige hat er von seinen Reisen aus den Hotels mitgebracht, zusammen mit Frauen, die er nicht erwähnt. Eines ist aus Rom. Der weiße, weite Bademantel, den er mir gerne umhängt. Normalerweise wickelt er mich darin ein und rubbelt mich trocken, dann öffnet er ihn wie eine

Folie und berührt mich mit den Lippen. Ein Handtuch hat er bei einer Silvestertombola gewonnen.
Eines habe ich ihm geschenkt, um meinerseits ein Zeichen zurückzulassen.

Ich ziehe mich und ihn aus.
Hier im Bad gibt es keine Spur einer Frau. Nur die zwei Sachen, die ich ihm mitgebracht habe.
Der Badezusatz sieht aus wie Sahne, und der kleine Schwamm hat die Form eines Tieres.
Ein rosa Ding, das wir als Schwein definiert haben. Einmal hat er ihm Sperma auf die Schnauze gespritzt, als er unter der Dusche an mich gedacht hat.
Danach hat er mir eine SMS geschickt und mir die Situation geschildert.

Wer weiß, mit wie vielen anderen Frauen er die gleichen Spielchen treibt. Wie vielen er dieselben Nachrichten sendet.
Wie oft du nachts aufwachst und SMS verschickst, vielleicht an alle dieselbe, um zu schauen, wer dir antwortet.

Deine SMS speichere ich ab. Übertrage sie. Sammele sie.
Manche kenne ich auswendig. Ich behalte sie, um mit ihnen zu masturbieren, wenn ich Lust dazu habe.

Im Bad hat er keine Zeitungen. Du liest nicht im Bad. Die Bücher stehen alle draußen. In den Ikea-Regalen.
Zwei Bademäntel. Einen für ihn, einen für jemand anderen. Früher gab es nur seinen.
Ich hoffe, der zweite ist aufgetaucht, seit ich ihn besuche.
In Wirklichkeit glaube ich aber, es gibt ihn, weil er nicht nur mich mit nach Hause nimmt.
Wahrscheinlich entschuldigt er sich bei allen für die Unordnung. Für den Staub. Dafür, dass er nicht kochen kann.

Wenn wir fertig sind, wickelt er mich immer in den langen Bademantel ein. Wenn er mich fertiggewaschen hat.

Ich bin schon nackt.
Mit ruhiger Hand stellt er die Wassertemperatur ein. Prüfend hält er die Hand unter den Strahl, sieht in die Wanne, dann auf mich.
Ich soll in die Badewanne steigen. Er wäscht mich ein bisschen ab. Ich hole ihn zu mir.
Ich liebe seinen Anblick, wenn er nackt ist. Den Anblick seiner Erregung, die allein zwischen uns steht. Er tut so, als schäme er sich für sie. In Wirklichkeit ist sie wunderschön.
Wir reden wenig. Machen Schaum. Seine behaarte Brust ist ideal dafür.
Man braucht nur mit der Seife ein-, zweimal kreisend darüberzufahren, und schon ist sie schaumig.
Dann nimmt er die Flasche, die ich mitgebracht habe, schüttelt sie und sprüht mich voll. Diese Seife funktioniert wie Schlagsahne. Das erklärte Vorspiel zu dem, was wir später im Schlafzimmer tun werden. Was er mich mit seinem Geschlecht tun lassen wird. Wir erzählen es uns sozusagen schon einmal vorab.

Er dekoriert meine Brustwarzen mit dem künstlichen Schaum. Den Bauchnabel. Die Scham.
Dann verreibt er langsam seine Zeichnungen, mit aufmerksamem Blick und angehaltenem Atem.
Er küsst mich scheu und flüstert mir Schweinereien ins Ohr, die so gar nicht zu seiner Stimme passen wollen.
Ich bin es kaum gewöhnt, dich reden zu hören.

Er massiert mich mit kräftig zupackenden Händen.
Auch ich streichele ihn.
Dann spült er mich ab.

Er nimmt meinen Schwamm, verteilt Flüssigseife darauf und beginnt mich einzureiben.
Er wäscht mich mit mindestens drei verschiedenen Lotionen.
Mal verteilt er einen Balsam auf mir, mal Öle, alles, was er sich an den Tagen ausgedacht hat, die ich nicht hier war. Außerdem besitzt er eine Menge Dinge, die den Zutritt erleichtern.
»Den habe ich für dich gekauft«, hat er mir beim ersten Mal gesagt, als er meinen Schwamm ausgepackt hat. Mit der Zeit ist er mein Eigentum geworden. Nun ist es normal, ins Bad zu gehen und mich damit zu reinigen, nachdem er mich mit seinem Sperma benetzt hat.

»Ach was – dafür benutzt du deinen Schwamm?«, hat er mich einmal ungläubig gefragt, fast dankbar, als ich ihm damit über das Geschlecht fuhr, nachdem er gerade zum Ende gekommen war.

Ja.
Ich benutze meinen Schwamm. Ich benutze dein Bett. Ich benutze deine Handtücher.

Das Baden dauert nie länger als zehn Minuten.
Er küsst mich sanft auf den Hals. Auf die Brustwarzen. Er lässt sich einseifen.
Er lässt sich von hinten umarmen und sich die erneute Schwellung reiben.
Ich spüre ihn gerne unter meinen Händen, überall.
Er hat einen knackigen Po. Kleine, perfekt geformte Ohren. Helle Augen.
Manchmal erfindet er merkwürdige Rasurmuster und lässt Büschel in seinem Gesicht stehen, die piksen, wenn er mich leckt.
Wenn er mich berührt, kostet er zuerst mit den Fingern …

Er dringt nie länger als einen Augenblick ein, es ist nie mehr als eine kurze Berührung.
»Ach was, du bist ja ganz feucht, dabei habe ich dich doch gerade abgetrocknet?«
Er macht immer Witze über meine Erregung. Bringt mich zum Lachen. Und lässt keine Gelegenheit aus, mich mit den Fingern zu erforschen.
Er steigt aus. Trocknet sich rasch ab. Sich zuerst. Er reicht mir den Bademantel.
Ich möchte es wissen.
Möchte ihn fragen, wie viele Frauen schon hier in seinem Badezimmer waren. Ob er mit allen das Gleiche macht. Welche ihm wehgetan haben. Welche von ihnen er erschreckt hat. Welche noch zu seinem Leben gehören. Mit welcher er mehr geteilt hat. Wie weh ich ihm getan habe.

Hast du dich jemals verliebt? Oder gar in alle? Bist du immer so zärtlich?

Es gibt keine einzige Spur von ihnen hier.
Wenn man genau hinschaut, gibt es auch von mir keine Spur.

Ich weiß. Ich bitte dich darum, so weiterzumachen. Hast du diese Sache wirklich vergessen? Willst du wissen, was ich gelernt habe?
Denn das war der Grund, warum ich mich ferngehalten habe. Um zu erfahren, was er mit mir machen würde.
War das falsch?
Ich wollte es nur wissen. Sehen, was passieren würde. Was er mit mir tun würde.

In der Zwischenzeit bin ich gewachsen.
Ich kann jetzt Dinge, die in Worte gefasst nicht dieselbe Wirkung haben. Die ich dich aber gerne spüren lassen würde.

Ich habe Knoten gelernt. Kann mit Stricken umgehen. Kann die Vergebung der Sünden erwirken.
Wollen wir?
»Komm.«
Seine Höflichkeit erlaubt keine Widerrede.

Was ist aus den anderen Frauen geworden?
Wahrscheinlich geht er in seinen romantischen Phantasien noch mit allen ins Bett. Sie leisten ihm Gesellschaft, halten ihn wach, vielleicht auch ich. Wahrscheinlich wälzt er sich mit uns allen herum, vor dem Einschlafen.

Er liebt dicke Frauen. Üppige. Barocke. Ich bin sein dünner Trost.
Ich geselle mich zu ihm.
Ich wickele mich aus dem Frottee, nachdem er mich eine Minute darin begraben hat.
Ich bin bereit, hinüberzugehen und es in dem halbdunklen Zimmer zu tun.

Wenn es eine Frau in deinem Leben gäbe, hätte sie dich darum gebeten, Vorhänge anzuschaffen.

Er hat entschieden, von welcher Seite er loslegt.

Einmal hat er mir eine Straße aus Kerzen und roten Blütenblättern bis zum Bett gelegt.
Er tat es, um mein Blut in Wallung zu bringen. Um mir jede Verlegenheit zu nehmen.
Er hat gesaugt und geleckt wie ein Vampir. Hat mich von allem gereinigt. Jedes Mal bleibe ich allein und ausgepumpt zurück. Immer an derselben Stelle, zwischen völlig zerwühlten Laken. Die bringt er dann selbst wieder in Ordnung. Ohne mich.

Wir haben es auch schon im totalen Chaos getan, zwischen umgestürzten Möbelstücken.
Oder auf einem Turm von Dingen, die er wegwerfen wollte, oder mit ächzenden Knochen auf dem blanken Parkett.

Bist du noch böse auf mich?
Wie viele Dinge werden wir uns niemals erzählen?
Eines Tages komme ich zu dir und werde dir all die Dinge zeigen, die das Leben mich gelehrt hat. Ich werde sie an dir ausprobieren. Und du wirst mir erzählen, ob es dir gefällt oder nicht. Du wirst mir sagen, ob ich weitermachen soll.
Wenn du noch Lust auf meine Hände hast.

Wir strecken uns auf der Matratze aus. Wie so viele Male zuvor.
Mehr als das können wir nicht.
Ich habe deine Blicke liebgewonnen. Deine Augen. Deine Stimme. Deine Angestelltenhaut und die weichen Finger. Ich habe die Sachen liebgewonnen. Wie du sie machst.

»Jetzt spiele ich dir einen Streich«, hast du einmal zu mir gesagt und meine sensibelsten Körperstellen mit einer beißenden Creme eingerieben. Ich stand mit dem Rücken zu ihm, und er konnte sich nicht entschließen, von wo er mich zuerst aufspießen sollte.
»Brennt es?«, fragte er und strich mir mit den Fingern zwischen die Beine.
Ja, und das weißt du genau, sonst hättest du es nicht getan.
Das Brennen ließ erst nach, als ein etwas ärgerer Schmerz es verdrängte, mich durchbohrte.

Wer weiß von uns? Wem willst du davon erzählen? Wie viele haben die Dinge erraten, von denen wir uns geschrieben haben?

Ich habe ein bisschen Angst.
Er hat zu mir gesagt: »Ich habe vor nichts Angst, verstehst du? Du kannst mit mir tun, was du willst.«
Ich habe vor dem Angst, was ich nicht von ihm weiß. Ich habe Angst, die Dinge nicht zu ertragen, die er mit mir machen will. Ich hatte Angst vor seinem Freund, als ich einwilligte, ihm in eine Wohnung zu folgen, die ich nicht kannte. Ich hatte Angst vor dem, was er mit mir tun würde.
Und ich wusste, dass er nicht vorsichtig sein würde.
Ich habe Angst, die Dinge, die du dir für mich ausgedacht hast, nicht auszuhalten.
Jedes Mal habe ich Angst. Vor den Sachen, die du mir verschweigst.
Und ich fühle mich lächerlich mit meinen zu engen Öffnungen. Die an jemanden wie dich nicht gewöhnt sind.
Ihn habe ich die Sachen nicht machen lassen, die du machst. Ihm habe ich mehr Grenzen gesetzt.
Ich habe dir ein Versprechen gegeben, und ich halte es immer noch.
Natürlich habe ich Angst.
Wenn du hinter mir stehst, bist du mein Feind. Wenn du mich niederdrückst, bist du mein Feind.
Gleichzeitig will ich alles.
Ich weiß nicht, womit du zurückkommst, wenn du kurz von der Matratze aufstehst und ins Nebenzimmer gehst.
Ich weiß nicht einmal, ob du gerne mit mir zusammen bist.
Ich habe Angst vor all den Dingen, die du noch nicht mit mir getan hast. Ich habe Angst, sie vielleicht nie ausprobieren zu dürfen.

Ich möchte, dass es keine Grenzen gibt. Lass mich nicht vor deinen Füßen zusammensacken, wenn es zu viel ist.
Ich möchte nichts verpassen.
Aber ich muss heil hier herauskommen. Ich würde es nicht ertragen, das schwöre ich, würde es nicht ertragen, zu feige zu sein.
Wie viel weißt du? Was hast du mit mir vor? Was empfindest du?
Ich vertraue dir. Mach mit mir, was du willst. Aber mach es langsam.
Lass uns rübergehen.
Das Bett ist bereits schöner gedeckt als eine Festtafel.
Ja. Ich möchte, dass deine Freunde um uns herumstehen.
Ruf ruhig so viele an, wie du willst. Viele oder wenige, mir ist es gleich.
Ich will, dass du mich fesselst. Mir die Augen verbindest.
Ich will nicht wissen, wann du es bist. Und wann sie.
Bring so viele her, wie in den Raum passen. Lass sie leise sprechen. Ich will ihre Stimmen nicht erkennen.
Sie sollen mich anfassen. Einer oder alle zusammen. Du sollst sie dirigieren. Kommandieren. Ich will dich autoritärer, als du es jemals warst. Ich will, dass du mir weiter schmutzige Wörter ins Ohr flüsterst, wie jetzt. Sachen, die meinen Atem schneller gehen lassen als nötig.
Achte auf meine Stimme. Die Schreie. Nehmt sie ruhig mit, wenn ihr abends loszieht. Ich werde euch ausführen, während ihr mich auf dem Walkman anhört. Allesamt.
Stell so laut wie möglich und spüre, wie ich auf dich wirke.
Das hast du gut gesagt. Es gefällt mir. Es gefällt mir und erschreckt mich zu Tode. Okay.
Hauptsache, du bist da.
Ohne dich tue ich es nicht. Ich verlange nur die Sicherheit, dass du dabei bist.

Wir gehen hinein. Er umarmt mich. Küsst mich.
Bevor wir anfangen, bevor irgendetwas passiert, legt er mich auf den Rücken, spreizt mir die Beine und sagt: »Warte kurz.«
Er steht auf und geht hinüber.
Ich höre ihn am Badschränkchen. Ich habe keine Ahnung, was er darin sucht. Er wühlt einen Moment.
Dann schließt er die Schranktür.
Seine Füße schleifen über das Parkett. Er kommt direkt auf mich zu. An der Matratze bleibt er stehen.
Jetzt fangen wir an. Zum x-ten Mal steht er hinter mir. Er hält etwas in der Hand, ich weiß nicht, was es ist, aber ich will es.
Und du weißt es, solange du dort stehst, bist du für mich der Feind.

Die Initiation

Die Stricke hat Antonio in der Eisenwarenhandlung unten in seinem Haus gekauft.
Sie sind etwas zu dick, doch sie haben den Vorteil, dass sie an den Handgelenken nicht einschneiden.
Sie könnte etwas merken. Und das soll sie lieber nicht.
Er hat sich gerne herbringen lassen. Er wohnt nicht weit entfernt. Hat kaum mehr als zehn Minuten gebraucht. Die Wohnung ist nicht besonders kalt.
Ich habe trotzdem einen halbe Stunde vorher die Heizung aufgedreht.

Ich muss ihn dazu bringen, sich wohl zu fühlen. Ich möchte, dass nichts schiefläuft.
Es ist seine Initiation. Das erste Mal, dass er es macht.
Ich will, dass es ihm gefällt. Dass er mich bittet, es noch einmal zu tun.
Vor allem will ich, dass er die Spielregeln kapiert.
Ich habe sie ihm schon einmal zu erklären versucht, in jener Nacht, als wir stundenlang miteinander geredet haben.
Er erzählte mir von seinen Affären. Von den Fotos, die er macht. Von seinen Lastern. Von Sachen, die er mit siebzehn angestellt hat und die ihm seitdem nicht mehr passiert sind.
Das hat er mir erzählt, während er auf dem Bett saß, halb liegend, die Beine gespreizt.
Er hat es mit ausdrucksvoller Stimme erzählt.

Und sich dabei den Pferdeschwanz immer neu zurückgebunden. Und die ganze Zeit dort gelegen, ohne mich anzufassen. Ohne auch nur zu versuchen, mich zu küssen.
Umso besser.

Ich habe ihm von mir erzählt. Davon, was ich gelernt habe. Von dem Spiel, das die Leute normalerweise nicht machen. Oder über das sie zumindest nicht reden.
Das Schöne daran ist, dass es dir jemand beibringen muss. Es dir schmackhaft machen muss. Eine schwierige Aufgabe. Ich will mal sehen, ob ich das nicht schaffe.

Vorsichtig kommt er herein. Das ist normal. Ich war beim ersten Mal genauso. Er weiß ja nicht, was ihn erwartet. Nur eins. Er weiß, dass ich das Sagen haben werde. Dass ich für ihn entscheiden werde. Dass ich ihm auch wehtun kann.
Ich lächele ihn an.
»Komm.«
Ich nehme ihn an der Hand und führe ihn gleich nach nebenan.
»Wie geht's?«
Du weißt, dass ich nicht gut im Smalltalk bin. Ich schreite lieber zur Tat, als meine Zeit mit langen Reden zu verplempern.
»Gut.«
Er lächelt mich an. Er ist der erste Mann, der nicht sofort versucht, mich zu küssen.
»Angst?«
Er macht ein Gesicht, als wolle er sagen, nein, er wisse es nicht genau.
Er blickt auf das Bett. Die Stricke sind schon festgeknotet.
Ich habe sie jedoch unter den Seitenteilen des Bettes versteckt, weil ich nicht wollte, dass er sie sofort sieht.

Ich weiß, was ihr Anblick auslöst. Und ich möchte, dass er entspannt ist.
Er umarmt mich. Er ist wirklich groß.
»Du musst dich ein wenig ausziehen …«
»Du etwa nicht?« Er hält mich fest umschlungen. Er hat riesige, warme Hände.
Er sieht mich an.
»Später.«

Es gibt ein Ritual, das wir einzuhalten haben. Du musst dir alles verdienen. Ich habe die Fäden in der Hand. Du musst gehorchen. Ich habe gesagt, dass du dich ausziehen sollst. Und ich will, dass du es tust.

Ich streife ihm den Pullover ab.
»Möchtest du die Brille aufbehalten?«
»Nein, die brauche ich nicht.«
Er legt sie zusammengeklappt auf den Nachttisch.
Seine Augen sind irgendwie komisch geschnitten, exotisch. Er hat volle Lippen und sehr helle Haut.
Er atmet. Er ist unruhig.
»Das auch?«
Er zupft an seinem T-Shirt.
»Ja, das auch.«
Er zieht es aus.
Rückt seinen Pferdeschwanz zurecht.
Er hat kaum Haare auf der Brust. Ziemlich helle. Er hat breite Schultern und einen großen Brustkorb.

Das jahrelange Schwimmen hat dir gutgetan.

»Leg dich hin.«
Lachend tut er es.
»Ach so, also tatsächlich …«
»Klar. Wir machen Ernst. Oder etwa nicht?«

»Ja, ja.«

Mehr erwarte ich nicht von dir. Ich will nur Sex mit dir.

Er sieht mich an. Lächelt. Er hat Lust. Wir haben beide Lust.
Ich schiebe ihm die Arme auseinander, als müsse er das Volk segnen. Oder ans Kreuz geschlagen werden. Soll er selbst entscheiden, was ihm lieber wäre.
»Machst du das oft?«
»Ja.«

Wenn auch nicht so oft, wie ich möchte. Ihr Männer seid viel feiger, als man denkt.

Ich schlinge die erste Schleife des Stricks um sein Handgelenk. Überprüfe kurz, dass sie nicht zu eng sitzt.
Dann hocke ich mich neben ihn. Ich warte noch, bevor ich mich auf ihn setze. Das tue ich erst, wenn er so weit ist.
Ich binde sein anderes Handgelenk fest.
Aufmerksam verfolgt er jede meiner Bewegungen.

Früher oder später machst du das mit mir.

»Ich glaube, so könnte ich freikommen.«
Das glauben alle. Aber in einer Sekunde wirst du deine Meinung ändern.
»Ich bin noch nicht fertig. Wie fühlst du dich bisher?«
»Mh«, erwidert er lachend, »äh, irgendwie unbeweglich.«
»Gut. Soll ich dir den Pferdeschwanz lösen?«
»Glaubst du, das ist besser?«
Ich werde dich so oder so verrückt machen.
»Also – vor allem liegst du dann bequemer, weil er nicht am Hinterkopf drückt.«
»Okay.«

Ich lasse mir Zeit.
Ich streife das Haargummi ab und schiebe es mir als Armband um das Handgelenk. Dann fahre ich ihm durch das kastanienbraune Haar. So sieht er genauso gut aus.
Ich ziehe ihm den Gürtel aus der Hose. Er hebt das Becken, um mir dabei zu helfen. Danach Schuhe und Socken.
Schließlich kehre ich nach oben zurück und knöpfe ihm die Jeans auf. Seine Erektion ist nicht zu übersehen.

Du bist entschieden besser, als ich dachte.

Ich öffne die Hose und ziehe sie ihm über die muskulösen Beine hinunter.
Darunter trägt er einen olivgrünen Slip. Ich schiebe einen Finger unter den Gummizug. Sein Geschlecht zeichnet sich deutlich ab. Ich fahre leicht darüber. Dann schiebe ich die Unterhose hinunter und entblöße es.
Er weiß, dass er verflucht schön ist.
Ich schaue ihn nicht an. Konzentriere mich auf seine Füße. Zuerst binde ich ihm den rechten Knöchel fest. Dann den linken. Ich bin schon ziemlich schnell geworden.
Die Abdrücke werden dir gefallen. Wenn wir fertig sind, wirst du kaum erkennbare Ringe haben, von dem Blutstau, der unter meinen Händen gepocht hat.
Alter Schmuck. Erkennungszeichen zwischen mir und dir. Ich werde sie dir liebkosen. Vielleicht werden sie ein wenig schmerzen. Aber das geht bald vorüber.
Du wirst dich noch schöner fühlen, weil du etwas erleben wirst, was du noch nie probiert hast.
Du wirst stolz auf dich sein. Warte ab.

»Gut.«
Ich setze mich auf ihn, ohne seinen Brustkorb zu sehr zu belasten.

Okay.
Jetzt folgen nur mehr Dinge, die du noch nie gefühlt hast.
Von nun an kann ich nichts mehr falsch machen.
Fangen wir an.
»Was hast du eben gesagt? Darüber, dass du dich befreien könntest?«
Er bewegt sich.
Will die Stricke an den Handgelenken abstreifen. Dann versucht er es an den Füßen. Diesen Fehler machen alle.
Nur weil die Stricke unter der Matratze festgezogen sind, glaubt er, er könne sich herauswinden.
Aber er ist ein Gefangener seines eigenen Körpergewichts.
Du brauchst dich gar nicht anzustrengen.
Das ist der erste Irrtum des Tages. Jetzt fühlst du dich allmählich ein wenig in meiner Gewalt, nicht wahr? Realisierst du allmählich, dass von nun an ich bestimme?
Ich kann dir Genuss bereiten. Ich kann dir Schmerzen zufügen. Du kannst nur abwarten, aber alles, was du richtig oder falsch machst, geht durch das Sieb meines Willens. Ich entscheide für dich. Ich bin dein Filter.
Ich habe die Macht.
»Äh … das war Unsinn.«
»Gut. Weißt du, was passiert, wenn jemand Unsinn redet?«
»Mh … nein.« Er lacht.
Jetzt bringe ich dich mal zum Lachen.
»Ich bestrafe ihn.«
Ich kitzele ihn an den Hüften. Er ist sehr kitzelig. Er bäumt sich auf, so gut er kann.
Seine Bauchmuskeln spannen sich. Die Bizepse schwellen an. Als hätte ihn ein plötzlicher Orgasmus ergriffen, nur stärker als sonst.
Du bist wirklich schön. Schade, dass du dich nicht sehen kannst.

Ich höre auf.
Er atmet durch.
Sein Brustkorb hebt und senkt sich rhythmisch zu der Angst, die ich ihm einjage. Über seine Haut laufen sekundenlange Schauer.
Du gehörst mir, merkst du das? Gab es schon einmal eine Frau, der du so sehr gehört hast?
»Zwei Dinge sind besonders schön an diesem Spiel.«
Er nickt aufmerksam.
»Einmal das ästhetische Vergnügen, das es bereitet, die Muskelspiele des Körpers zu beobachten – und du bist wirklich schön anzusehen –, und das andere ist die Entdeckung, dass Lust und Schmerz einander letztlich sehr ähnlich sind und nahe beieinanderliegen.«
Er schweigt.
»Was glaubst du also, werde ich jetzt mit dir tun?«
»Ich weiß es nicht.«
»Du weißt es sehr wohl. Was glaubst du, werde ich mit dir tun?«
»Mich in den Mund nehmen?«
Er ist noch zu Scherzen aufgelegt.
Ich fange wieder an, ihn zu kitzeln.
Ein Ruck lässt ihn nach Luft schnappen, während seine Muskeln ihr gesundes Spiel zeigen.
Dich kann man ganz wunderbar provozieren, weißt du das?
»Du sollst keine Witze darüber machen. Ich habe nicht gefragt, was du willst. Ich habe dich gefragt, was ich mit dir tun werde.«
»Mich bestrafen?«
»Verdienst du es denn?«
»Nein!«
»Wie kannst du da so sicher sein?«
»Ich bin mir nicht sicher – es ist nur … Ich hoffe, dass ich es nicht verdiene.«

Ich streichele ihm zärtlich über die Seiten.
Er verkrampft sich.
Dann entspannt er sich wieder.
»Siehst du? Das ist das Schöne daran. Die psychologische Spannung. Natürlich ist es ein Spiel mit dem Körper. Aber interessant wird es erst durch die Unterwerfung. Durch die extreme Lust, die dein Folterknecht dir bereiten kann, indem er mit der Folter aufhört. Je stärker der Schmerz, desto größer auch die Lust, wenn er vergeht. Verstehst du?«
»Hm-m.«
Ich kitzele ihn wieder.
»Neiiiiin!«
Ich halte inne.
»Was hast du gerade gesagt?«
Er holt Luft.
»Ich habe nein gesagt.«
»Du darfst auch nicht nein sagen. Du darfst höchstens flehen. Du darfst nicht schreien. Du darfst nur bitten.«
»Gibt es denn kein Wort, damit du aufhörst? Das gibt es doch, oder?«
Jetzt beginnt endlich das wahre Ritual.
Ich lache.
»Und wenn es eins gäbe? Wäre ich deiner Meinung nach bereit, dich zu erhören?«
Er schluckt.
Ich darf es nicht übertreiben. Schließlich möchte ich nicht, dass seine Angst zu groß wird.
Nun spiele ich mit seinen Brustwarzen. Dann lecke ich sie.
Er atmet genussvoll auf.
Ich habe Lust, dich zu küssen. Ich habe noch gar nicht probiert, wie du schmeckst.
Ich komme näher.
Er hat einen schönen Mund. Strahlend weiße Zähne. Man sieht die Andeutung eines Bartes, obwohl er sich am Mor-

gen rasiert hat. Wir küssen uns lange, während ich ihm mit der Hand das Gesicht liebkose.
Dann reckt er den Kopf nach mir in dem Versuch, mich zu beißen. Schlagartig entferne ich mich.
Du hättest nicht wirklich zugebissen, so viel ist klar, aber du hast es versucht.
Gut. Du weißt genau, dass du dich nicht befreien kannst. Es ist dir klar, dass du nun bestraft wirst.
»Entschuldige! Entschuldige! Entschuldige! Gott ...« Er lacht.
Ich lache auch.
Du weißt nur zu gut, was du getan hast. Du hast dasselbe gespürt. Ich mag es, wenn sich jemand zu wehren versucht. So macht es noch viel mehr Spaß, ihn zum Nachgeben zu zwingen. Ich habe schon wesentlich härtere Fälle als dich zum Winseln gebracht.
»Ach ... gut ... du willst also aufbegehren ...«
Ich kitzele ihn wieder.
Es ist, als würde man einen Schalter umlegen und ihm einen Stromschlag versetzen. Genau so.
Ich höre auf.
Gebe ihm Zeit zum Durchatmen.

Ich steige vom Bett und betrachte ihn vom Fußende der Matratze aus. Ja, mit dir kann man wahrscheinlich richtig gut ficken.

»Mal sehen, wie kitzelig du hier bist.«
Ich fahre mit dem Fingernagel über seine Fußsohle. Einen unendlichen Moment lang bäumt er sich auf.
Es ist so schön, dich solche Dinge spüren zu lassen. Stell dir vor, wenn ich erst einmal aufhöre und mit dem Angenehmen beginne.
»Nein, bitte nicht!«
»Braver Junge, allmählich beginnst du zu flehen.«

»Ja!«
»Überzeuge mich, damit ich nicht weitermache.«
Diesmal streiche ich mit dem Finger über die ganze Fläche des Fußes.
»Hm?«
Er hält den Atem an, um das Prickeln zu ertragen. Dann beginne ich an seinen Zehen zu lutschen. Wenn man das bei mir macht, werde ich wahnsinnig.
»Finde die Worte.«
Ich rede mit sanfter Stimme.
Komm schon, so schlimm bin ich nun auch wieder nicht.
Er sagt nichts. Also kitzele ich wieder mit dem Fingernagel über die Fußsohle. Er hebt den Brustkorb.
Schüttelt den Kopf.
Du bist unglaublich schön, wenn du verzweifelst.
Er lacht. Versucht es zu ertragen. Ich höre auf.
»Nun?«
»Ich weiß nicht mehr. Ich verstehe gar nichts mehr.«

Du gehörst mir. Begreifst du das jetzt? So will ich dich haben. Ich mag es, wenn du bei vollem Bewusstsein die Kontrolle verlierst. Du kannst nichts tun. Du gehörst mir. Ganz und gar mir.

»Ich will, dass du mich Herrin nennst. Und mich um Verzeihung bittest.«
Er schluckt. Atmet durch. Er ist froh, dass ich aufgehört habe.
»Verzeihung, Herrin.«
»Sag es noch mal.«
Er sieht mich sanft an. Und sagt es mit Überzeugung.
»Verzeihung, Herrin.«

Ich küsse ihn wieder. Dieses Mal reagiert er nicht. Er lässt mich machen.

Ich will dich um den Verstand bringen.

Ich liebkose seinen flachen Bauch. Wandere tiefer. Als ich seine Leiste berühre, seufzt er lustvoll.

Ich will dich betrachten. Über jeden Zentimeter deiner Haut fahren.

»Hast du Angst?«
»Ja.«
»Wovor?«
Er denkt kurz nach.
»Dass du mir wehtust.«
»Glaubst du denn, dass ich es machen werde?«
Er überlegt etwas zu lange.
»Na gut.«
Ich wende mich seinen Füßen zu, und er beginnt zu schreien, obwohl ich noch gar nichts gemacht habe.
»Nein! NEIN! Bitte nicht! Ich habe Angst! Scheiße, Mann! Ich habe Angst, dass du mir wehtust!«
Er beginnt zu schwitzen.

Okay. Für heute ist es genug. Ich will es nicht übertreiben. Das letzte Spielchen.
»Na gut.«
Ich stehe auf.
»Wohin gehst du?«
Er klingt besorgt.
»Etwas holen.«
Er seufzt.
Ich gehe zu meiner Handtasche. Nehme heraus, was ich brauche. Ich habe immer ein paar in der Innentasche, für Fälle wie diesen.
Ich trete wieder zu ihm ans Bett. Lege das, was ich geholt habe, neben seine Beine, so dass er es nicht sehen kann. Dann ziehe ich mir Pulli und BH aus.

Er betrachtet mich bewundernd.
Ja, ich weiß, ich habe einen tollen Busen. Aber zunächst darfst du ihn nur ansehen. Ich entscheide, was du tun darfst.
Sanft lege ich mich auf ihn. Beginne ihn zu küssen. Lecke ihm über den Hals, das Brustbein. Gehe tiefer und widme mich seinen Brustwarzen. Liebkose seinen Bauch.
Ich folge der gleichmäßigen Linie seines Flaums, die mich direkt zum Bauchnabel führt.
Eine ovale Vertiefung, sensibel. Nächstes Mal probieren wir aus, ob du hier auch so kitzelig bist.
Er hebt den Kopf, so weit er kann, und sieht mich an. Seine Arme zucken hoch. Er möchte mich umarmen.

Kannst du nicht.
Du bist gefesselt und kannst mir kein bisschen Zuneigung zeigen, nicht mal mit einer Geste. Du bist so süß, dass es mich fast rührt.
Er starrt auf seine gefesselten Handgelenke. Öffnet und schließt die Hände, genießt dabei, was ich mit ihm mache.
Ich bin nahe an seinem Geschlecht. Mein Mund ist nur einen Zentimeter davon entfernt.
Ich nehme das, was ich neben seine Beine gelegt habe.
Mein Mund liegt dicht an seiner Haut. Er ist erregt.
»Ich habe hier etwas …«
Er schluckt wieder.
Deine Lippen sind trocken, oder?
»Was?«
»Ein kleines Ding. Etwas, was du noch ausprobieren musst …«

Du bist schön, von hier unten gesehen.

Er schließt die Augen. Er hat tatsächlich resigniert.
»Tu mir nicht mehr weh, bitte. Ich flehe dich an.«

»Ich muss … Weißt du noch? Je stärker der Schmerz, desto größer die Lust, wenn ich aufhöre.«
»Nein, bitte nicht, bitte nicht.«
»Es ist nur ein Zahnstocher – du wirst nur einen leichten Piks spüren, einen einzigen.«
»Nein, ich …«
»Stell dich darauf ein. Einen einzigen.«
»Nein …«
Ich höre nicht auf ihn.

Das ist der Preis, den du zahlen musst. Ich tue das, damit du es kapierst.

»Ich bitte dich nicht um Erlaubnis. Ich tue es jetzt. Bist du bereit?«
»Nein!«
»Es wird ein bisschen wehtun.«
Er antwortet mir nicht mehr.
»Ich tue es. Jetzt tue ich es. Nur einmal.«
Er spannt sich an.
Er hält den Atem an. Er ist bereit.
Er hasst mich, ich weiß. Aber gleich wird er es begreifen.
Ich warte eine Sekunde, nur damit er glaubt, ich würde mich doch noch umstimmen lassen.

Dann los.

Nur ein Stich. Ein einziger. Schnell mit dem spitzen Ende des Zahnstochers gesetzt. In den Hodensack.
Er bäumt sich auf. Ein erstickter Schrei. Seine Muskeln zeichnen sich unter der Haut ab.
Ich weiß, was er fühlt: einen Stromschlag, der den Rücken hinauf direkt in den Kopf schießt.
Ich lasse ihm nicht die Zeit durchzuatmen. Fange an, ihn zu lecken und zu lutschen.

Er kann nicht mehr genau zuordnen, was dieses Gefühl nun wieder bedeutet.
So funktioniert es. Du reißt einen Abgrund an Empfindungen auf.
Wenn man darüber nachdenkt, sind Lust und Schmerz nicht so weit voneinander entfernt. Sie ergänzen sich.
Er stößt ein lustvolles Stöhnen aus. Siehst du? Begreifst du? Das musst du spüren.
Diese großen Dinge will ich dich spüren lassen. Liebe, Lecken, Streicheln. Banalitäten. Ich will dich spüren lassen, was du noch nicht kennst.

Ich lecke immer weiter. Er schluckt wieder und beruhigt sich, überlässt sich genussvoll meiner Zunge.
Dann halte ich inne. Er sieht mich an.

Deine Augen sind wunderschön.

Ich binde seine Knöchel los. Das ist das schönste Gefühl. Die Schlaufen des Stricks haben sich kaum in die Haut eingeschnitten. Das habe ich gut gemacht.
Jetzt ziehe ich alle meine Kleider aus. Dann lege ich mich auf ihn. Ich liebkose seine Brust und löse die Stricke. Ganz langsam.
So etwas muss man behutsam machen. Ich möchte, dass er den Moment der Befreiung genießt.
Ich nehme die Stricke von seinen Handgelenken.
Dann küsse ich ihn. Er hält mich fest.

Er lässt mich gerade ein paarmal über ihn streichen. Dann legt er mich unter sich.
Er dringt sofort in mich ein. Hat wirklich Lust darauf. Auf diesen Moment haben wir lange gewartet. Wir reizen uns schon seit Monaten. Am schönsten ist es, wenn man alles auf die Spitze treibt. Auch das Warten.

Wer weiß, ob du mich hasst oder ob es mir schon gelungen ist, dich zu besänftigen.

Mit einer Hand hält er mir die Arme über dem Kopf fest. Siehst du? Das kann ich mit dir nicht machen.
Wir atmen uns gegenseitig in den Mund. Er beißt mich in den Hals, in die Brüste. Sieht mich kurz an. Stößt jetzt schneller zu.
Dann gleitet er hinaus.
»Ich will etwas mit dir ausprobieren.«
Er geht nach drüben. Holt etwas aus seiner Jacke und kommt mit schlenkerndem Geschlecht zurück.
Brav warte ich auf der Matratze.
»Dreh dich um.«
Ich bin eine gefügige Geisha.
Männer mit mehr Erfahrung als du haben mich gelehrt, wann es Zeit ist, die Rollen zu tauschen.

Ich drehe ihm nun den Rücken zu. Er verbindet mir die Augen. Dann hält er kurz inne. Ein scheinbar endloser Moment.
Er küsst mir den Rücken, während er mir mit beiden Händen die Brüste knetet. Nebenan telefoniert jemand. Eine Frau. Scheint ein Büro zu sein.
Vielleicht ist sie sogar schön.
Mit der flachen Hand drückt er mich auf die Matratze. Gesicht nach unten.
Ich spüre, wie sein Geschlecht mir über den Hintern gleitet. Als er versucht, in mich einzudringen, hebe ich mein Becken dem Druck der Hände entgegen. So kann ich ihn besser fühlen.
Mir entfährt ein Schrei. Dann packt er meine Handgelenke. Er hält sie mir auf dem Rücken fest und zwingt mich, liegen zu bleiben, während er ihn vorantreibt. Mir schießt durch den Kopf, dass ich in den Decken ersticken könnte.

Er wird immer entschiedener. Das ist die Rechnung für vorhin. Schließlich lässt er meine Hände los und schiebt meine Pobacken so weit es geht auseinander. Die Spitze seines Geschlechts ruht nun am Eingang des meinen.
Mit dem Daumen reizt er meinen engeren Eingang.
Dann schiebt er sich hinein. Mit dem Finger und seinem Schwanz. Jeden in ein Loch. Füllt alle meine Öffnungen. Schiebt sich immer tiefer.
Mir bleibt die Luft weg.
Jetzt nimmt er auch die andere Hand hinzu. Er streichelt mir über den Hintern, während der seine nicht stillsteht, taucht langsam ein und lässt mich alles spüren. Er befeuchtet sich die Finger der freien Hand.
Vorsichtig zieht er sich ein wenig aus mir zurück.
Dann legt er den Daumen dorthin, wo der andere noch steckt. Rutscht unaufhaltsam tiefer. Ein einziges Unisono, an einem Punkt die Finger und am anderen das gesamte Gewicht seines Körpers. Er wird schneller, während er mich noch immer festhält.
»Locker lassen.«
Leichter gesagt als getan.
Ich versuche mich zu entspannen. Ihn so weit wie möglich vorzulassen.

Das nächste Mal werde ich dich nicht sofort fesseln.

Schließlich löst er sich. Dreht mich um. Kniet sich über mich, mit angespannten Schenkeln.
Er streichelt meine Haut. Zeichnet die Linien meines Mundes nach. Dann legt er mir sein Geschlecht auf die Lippen.
Beugt mir den Kopf nach vorne.
Er hat die Hände unter meinem Kopf und führt mich langsam, wie man es mit einem Verdurstenden macht, der sich nicht rühren kann.

Er schaukelt mich unter sich. Ich wette, er beobachtet mich dabei.

So ist es. Männer sehen hin. Sie speichern klare Bilder in ihrem Gedächtnis ab.
Um sie wiederzuverwenden. Sie haben ein ganzes Museum auf Abruf.
Ich hingegen stelle mir Dinge vor, die ich noch nicht getan habe. Sollte ich eines Tages alles ausprobiert haben … Keine Ahnung. Vielleicht würde ich dann aufhören zu onanieren.
Du weißt es nicht, aber ich habe eine Schwiele. Eine winzige, fast mikroskopisch kleine Schwellung.
Das ist mir neulich erst aufgefallen. Ich dachte, es liege vielleicht am Spülmittel.
Oder an irgendeiner merkwürdigen Allergie.

Sie sitzt genau auf dem Mittelfinger.
Ich glaube, das kommt vom vielen Onanieren. Was sagst du dazu? Erregt dich das?
Was magst du denn am liebsten bei einer Frau? Was soll sie alles können?
Habe ich dir schon zu viel gegeben? Möchtest du, dass ich aufhöre?
Er zieht sich aus meinem Mund zurück. Lässt mich wieder reden. Ich bin ihm ausgeliefert.
Obwohl ich nicht gefesselt bin, kann ich mit verbundenen Augen nicht viel tun.
»Komm.«
Er führt mich von der Matratze weg.
Ich klammere mich an seinen Arm.
»Pass auf die Schuhe auf.«
Ich hebe kaum die Füße, um nicht zu stolpern. Habe keine Ahnung, wo die Hindernisse sind, die ich übersteigen muss. Presse mich eng an ihn. Er hält mich dicht an seiner Seite und führt mich aus dem Zimmer.

Ich habe Schwierigkeiten, zu begreifen, wohin wir gehen. Dann höre ich das gedämpfte Brummen eines Baggers und in der Nähe das Schlagen einer Tür.
Vielleicht sind wir in der Küche.

»Stehen bleiben.«
Ich stehe mit leichtgeöffneten Armen da, habe Angst, das Gleichgewicht zu verlieren, weil ich nicht weiß, wohin ich fallen würde. Ich höre, wie er Dinge verrückt. Keine Ahnung, was er vorhat.
Er zieht den Rollladen hoch. Ein anhaltendes Geräusch. Das Licht blendet mich trotz der Binde vor meinen Augen. Er muss ihn ganz geöffnet haben.

Er kommt zu mir. Hebt mich hoch, setzt mich auf den Tisch.
Er ist kalt.
»Nicht bewegen, sonst fällst du runter.«
Genau das möchte ich verhindern. Ich weiß, dass es nicht stimmt, aber es kommt mir vor, als säße ich ganz weit oben. Viel zu hoch.
Ich höre ihn zurückkommen. Er legt etwas hinter mich. Nun hebt er mich wieder hoch, nur ein wenig, lässt mich auf etwas Platz nehmen. Es sind Kissen. Dann drückt seine Hand mich hinunter, bis ich auf der Linoleumfläche liege.
Er liebkost mich.
Im nächsten Moment schiebt er mir die Beine auseinander und dringt in mich ein, während er mich an den Knöcheln festhält.
»Wir haben Zuschauer.«
Ich fahre zusammen.
»Erregt dich das nicht?«
Er hat alles geöffnet, mich inklusive. Sechs Stockwerke unseres Nachbarhauses haben beste Aussicht auf mich. Sie haben sogar einen Außenfahrstuhl aus Glas.

»Ich wette, dass sie uns beneiden …«
Wenn meine Augen nicht verbunden wären, würde ich das nicht zulassen.
Es mag komisch klingen, aber ich hätte es dir aus Schamhaftigkeit verboten.

Er wird schneller.
Er legt mir die Hände auf die Brüste. Ich umschlinge ihn mit den Beinen und bewege mich mit ihm zusammen. Dabei klammere ich mich immer noch an den Tisch, weil ich keine Ahnung habe, wie viele Zentimeter zwischen mir und dem Abgrund liegen.

Es macht uns beiden viel Spaß.
»Da ist ein Typ, der starrt dich an. Sieht aus, als würde er gleich noch jemanden herausrufen.«
Er bewegt sich heftiger.
»Zugucken ist so schön, findest du nicht? Wie oft hast du es schon vor jemand anderem getrieben?«
»Niemals.«
Ich kann nur mühsam antworten. Es gibt Situationen, in denen rede ich nicht gern. Machst du das absichtlich?
»Sag doch dem Herrn hallo, der beobachtet, wie ich dich vögele.«
»Hallo.«
Ich kann es nur flüstern.
Er zieht sich aus mir zurück. Dann kniet er sich zwischen meine Beine und beginnt mich zu lecken.

Du beschmierst dir das ganze Gesicht.

»Wollen wir ihm zeigen, wie schön du bist, wenn du kommst?«
»Ja!«
Ich sage es eher für meine Lust als für seine.

Seine Haare kitzeln mich an den Beinen. Er hat sein Gesicht in mich versenkt. Nun nimmt er die Finger zu Hilfe, rhythmisch. Ich winde mich heftig.
»Zeig ihm, wie du kommst.«
Er ist schnell mit der Zunge. Mit den Fingern auch. Plötzlich zieht er sie zurück und dringt hinten ein, während sein Mund an meinen Falten klebt. Er saugt und nagt. Ich weiß, dass du auf jede meiner Bewegungen achtest. Dass du auf den einen bestimmten Punkt wartest, der mich zum Bersten bringt.
»Weiter.«
Du musst nur weitermachen. Bei mir gibt's keinen Ausschalter. Du musst bloß dranbleiben.
Ich erledige alles allein. Ich bewege mich. Ich weiß schon, wann ich am entscheidenden Punkt anlange.

Draußen sind Rufe zu hören. Vielleicht stimmt es ja, dass sich dort Leute versammelt haben.
Keine Ahnung. Und wenn sie die Polizei holen? Wenn wir jetzt Ärger bekommen?

So ist es gut. Weiter so. Die Hitze steigt auf. Steigt immer höher.
»JA!«
Mehr kann ich nicht sagen, bevor mein Körper sich in einem langen, endlosen Schauer aufbäumt.
Einen Augenblick verharre ich mit angehaltenem Atem, dann gehe ich unter.

Er küsst mich, während ich noch nach Luft schnappe.

Du liegst nackt vor einem Wohnhaus voller Leute.
Jeder könnte darunter sein. Erfüllt dich das nicht mit Schrecken?

Ich bin fertig. Er füllt mir die Kehle mit seinem Geschlecht. Er schiebt es mir über den Gaumen.
Er legt es mir auf die Zunge. Bewegt sich langsam. Nimmt mir dabei die Binde ab. Ich kann die Augen nicht sofort öffnen. Mache kurz mit geschlossenen Augen weiter.
Die ersten Eindrücke sind verschwommen. Dann gewinnen sie an Klarheit, nach und nach.

Er steht neben mir. Den Kopf hat er zurückgeworfen. Sein Brustkorb hebt und senkt sich leicht. Er bewegt sich ganz langsam.
Er sieht mich an. Mit verträumten Augen, den Blick verloren in irgendwelchen Phantasien.
Dann wird sein Atem schneller. Sein Schwanz schwillt zwischen meinen Zähnen an, bis er kommt.
Sein Saft tränkt meine Kehle. Er rinnt langsam hinab. wie der Honig, wenn man Halsweh hat.

Ich nehme einen kräftigen Schluck von dir.

Er zwinkert leicht mit den Augen. Ich bin vorsichtig. Er schaukelt sanft. Dann hält er inne und verharrt einen Moment so. Er zieht sich zurück und öffnet die Augen. Sieht mich an.
Lacht.
Ich wische mir den Mund ab, aus dem der Speichel läuft.
Er fährt sich mit beiden Händen durchs Haar. Denkt kurz nach. Ohne ein Wort halte ich ihm das Handgelenk mit seinem Haargummi hin.
»Oh, danke.«
Er bindet sich seinen Pferdeschwanz. Es ist eine Art Tick, ein Automatismus, den er mehrmals am Tag wiederholt.
Meiner Meinung nach merkt er es nicht einmal.
Er nimmt mich in den Arm und lässt mich vom Tisch steigen.

Ich werfe einen Blick auf das Nachbarhaus.
»Da ist ja gar keiner!«
»Na ja, vorhin war da ein alter Mann. Vielleicht holt er sich jetzt einen runter … Weißt du – das dauert schon mal drei, vier Stunden bei dem.«
»Ach komm …«
»Egal, wir haben ihn jedenfalls glücklich gemacht, oder?«
Ich gebe ihm einen Klaps auf den Hintern.
Er lacht.
»Gehen wir?«
»Hm-m.«

Okay.
Wir verlassen den Raum.
Er geht mir voraus ins Schlafzimmer.
Ich bleibe kurz stehen, drehe mich um und lasse den Rollladen hinunter.
Ich kann es nicht leiden, wenn mir jemand beim Hinausgehen auf den Hintern starrt.

Du schreibst also

»Du schreibst also.«

»Hm-m.«

Da wären wir wieder.

Wie immer.

Los. Sag es.

»Du bist doch die mit dieser Erzählung – über den Kerl, der dich wäscht, hab ich recht?«

Und weiter. Das war nicht die Frage. Es bedeutet lediglich, dass du dir beim Gedanken an mich einen runtergeholt hast. Jemand hat dir die Datei weitergeleitet, vielleicht gleich am Computer. Wie lange hast du gebraucht? Zehn Minuten? Fünfzehn?

Du hast alles gelesen, hast dich der Reihe nach durch alle zehn Seiten gearbeitet und hattest am Ende einen pulsierenden Schwanz. Und warst außer Atem.

An der Spitze war er feucht, und du hast dir den Slip beschmiert …

Es bedeutet, dass du sie gelesen hast und dass die Bilder dir gefallen haben.

Vielleicht konntest du an Ort und Stelle nicht und bist auf die Toilette gegangen. Wo warst du? Warst du im Büro?

Sobald es ging, hast du deinen Schwanz herausgeholt und angefangen, kräftig in die Luft zu stoßen. Schön rhyth-

misch. Jeder hat seinen eigenen Rhythmus. Wie geht deiner? Wirst du immer schneller? Oder hältst du nach jedem Stoß kurz inne? Ein Stoß und Pause?
Ein Stoß und dann kurze Pause?
Das ist nicht die Frage, die du mir stellen willst. Das ist lediglich das, was du gemacht hast.
Also, weiter im Text. Los, los.
Soll ich es aussprechen? Du bist gekommen. Ganz sicher bist du gekommen. Genuss pur, wegen einer kleinen Phantasie.

Vielleicht erscheint dieses Lächeln auch auf deinem Gesicht, weil du mir mitteilen möchtest, dass du einen Steifen bekommen hast. Das musst du doch mal festhalten. Darauf bist du stolz. Du hast dich irgendwo eingeschlossen, mitsamt meiner Erzählung. Mit dem, was ich mir vorgestellt habe. Und es hat dir gefallen. Richtig gut gefallen.
Weiter. Das sind alles nur die Dinge, die du gedacht hast. Stell mir die Frage.
Los.
So ist es gut. Du lächelst. Du bist ganz nah dran. Das ist die richtige Miene. Stell mir die Frage.
Die dir keine Ruhe lässt, seit du das Zeug gelesen hast.

Mach schon. Ich bin hier. Los. Du erschauerst, hast feuchte Hände. Du überlegst, wie du mich ansehen sollst. Hast dir vielleicht eine Frau vorgestellt, die größer ist, irgendwie beeindruckender.
Und dann siehst du dieses Mädchen ... Ja, okay, nicht schlecht. Schöner Hintern, hübsch, alles dran, was man sich wünscht. Ich gefalle dir schon etwas besser, seit du weißt, dass ich die mit der Erzählung bin. Du hast dir schon deinen eigenen virtuellen Film zusammengestellt. Vorher hattest du eine andere Vorstellung von mir.

Du hast davon geträumt, der Protagonist der Erzählung zu sein.
Du hoffst seit Jahren, mal eine zu treffen, die dir das sagt, was ich sage. Eine, bei deren Worten du schon einen Steifen bekommst.
Ja. Volltreffer. Ich bin gut. Richtig gut. Aber du lenkst ab. Was wolltest du mich fragen? Los. Hör auf, mir auf die Titten zu starren. Nicht ablenken.
Vielleicht hast du ja schon eine eigene Version der Geschichte geschrieben. Würde mich nicht wundern.
Du hast gedacht: »Das bin ich, sie wartet auf mich.«
Ich bin gar nicht so übel, stimmt's? Aber ja, los, frag schon. Eine, die so was schreibt, darf man das fragen.
Du bist ganz nah dran. Und ich helfe dir sogar noch, sieh nur. Jetzt drehe ich mich zu dir um und schaue dich an, du kannst es also wagen. Los. Frag mich.
»Darf ich dich etwas fragen?«
Schon hast du wieder einen Steifen.
»Klar.«
Du lächelst.
Ich bin schön, stimmt's? Vor allem, wenn ich dich so mustere und mit ganz ruhiger Stimme spreche.
Mir kann man vertrauen. Meine Maße sind vertrauenerweckend. Ich bin klein. Bei einer, die zu gut aussähe, wärst du in Schwierigkeiten geraten. Bei mir nicht. Ich bin genau richtig. Bei mir fühlst du dich sicher.
Schau nur: Ich neige sogar den Kopf ein wenig zur Seite, ein ganz klein wenig, als könne ich es kaum erwarten, deine Frage zu hören. Ich konzentriere meinen aufmerksamen Blick auf dich, mit ganz entspannter Miene.
Los. Du schaffst das. Du wirst schon nicht rot werden. Niemand wird rot dabei. Frag mich.
»Also … Bist du das?«
Du hast es fast geschafft – nur noch ein bisschen. Du musst genauer zielen.

»Ich meine: Hast du das wirklich selbst erlebt?«
Bingo.
Siehst du? War gar nicht so schwer, oder?

Ich lache und blicke an ihm vorbei. Ich habe aufgehört, sie zu zählen. Die Liste derer, die mich das fragen, wäre wirklich zu lang.

»Tja, einiges davon ja – anderes …«
Anderes auch. Neunzig Prozent. Und den Rest werde ich früher oder später noch erleben, den zähle ich also auch schon mal dazu.
»Schreibst du an etwas Neuem?«
»Mh-m.«
Du kannst dir aussuchen, ob das jetzt ein Ja oder ein Nein war.
»Ich würde gern noch mehr von dir lesen.«
Ach was! Und du glaubst, das interessiert mich auch nur die Bohne? Glaubst du, das sei irgendwie von Bedeutung für mich? Dass ich dich deshalb in mein Adressbuch aufnehme? Dass ich meine Zeit hier verschwende, um für dich etwas zu schreiben? Wen interessiert das? Hältst du dich für so wichtig? Nein. Lass es dir von mir gesagt sein. Das kannst du dir gar nicht vorstellen. Du hast keine Ahnung von den E-Mails. Den Anrufen. Von den Leuten, die mich verfolgen.
Einer schleicht seit Jahren um mich herum … Er wird sterben, ohne mich berührt zu haben, weißt du das? Soll er sich ruhig weiter quälen. Interessiert mich nicht. Genauso wenig wie du. Du kannst mich weiter fragen. Hoffen, dass ich für dich etwas schreibe. Nur für dich.
Gewisse Dinge mache ich nicht für jeden.

Du musst es dir schon verdienen.

Ich schreibe nur für den, der mir im Gegenzug etwas zu bieten hat. Der für mich schreibt. Der gut ficken kann. Der mich Dinge spüren lässt, die ich nicht kenne. Die Kerle müssen schon gut sein. Ich tue es nur für sie. Den anderen bleiben die Seiten mit den Dingen, die sie niemals mit mir tun werden.
Vielleicht ist das gerade das Schöne, oder?

Was machst du jetzt? Willst du mich etwa den ganzen Abend so anstarren? Wartest du auf ein Ja? Hoffst du, dass ich dich anfasse? Das wird nicht passieren. Du hast eine zu unterwürfige Art. Das mag ich nicht.
Nichts an dir reizt mich. Entfacht in mir die Lust, dir sofort die Kleider auszuziehen.
Nichts. Du hast kein Talent. Vergiss es.
»Also, ich zähl auf dich!«
»Klar!«
Nicht, dass er jetzt anfängt, die Tage zu zählen. Du wirst merken, dass du ewig zählen kannst.
Von mir bekommst du gar nichts.

Ich kann dich dazu bringen, zu tun, was ich will, weißt du das? Am Ende tust du, was ich dir sage.
Wenn ich jetzt wollte, dass du einen Steifen bekommst, wüsste ich, wie ich das erreiche.
Du brauchst deinen Charme gar nicht zu bemühen. Ich mag dich nicht. Ich mag deine Art nicht. Wie du redest. Wie du mich zum Lachen bringst. Gib es auf. Du bist nicht witzig.
Sieh dich an: Du bist verlegen. Wahrscheinlich bist du einer von den Typen, die in einer Bar stundenlang mit einem Glas in der Hand an der Wand lehnen und die Mädchen anstarren. Wenn sie dich anmachen, versuchen sie es mit einem »Weißt du eigentlich, wie hübsch du bist?«. Nein, Schätzchen. Ich bin nicht hübsch. Ich bin richtig cool.

Besser noch: Ich bin die coolste Braut schlechthin. Und du musst mir antworten: »Sissignora!«

Schade, oder?
Tja.
Schade, dass du so uninteressant bist. Schade, denn ich lasse praktisch alles mit mir machen, weißt du? Ich lasse wirklich alles mit mir machen. Wenn einer gut ist, schenke ich ihm meine Seele.
Dann werde ich zu seinem Lieblingsspielzeug. Ich werde seine fleischgewordene Phantasie, ohne etwas dafür zu verlangen. Nicht einmal eine Beziehung. Stell dir das mal vor!
Im Gegenzug will ich nichts. Ich lasse mit mir machen, was er will. Ich tue mit ihm alles, was er will. Aber gut muss er sein. Kannst du dir das vorstellen? Alles, was du möchtest. Alles wird wahr. Auch die Dinge, die du nie ausgesprochen hast. Mit mir machen das die Männer.
So bin ich.

Und du? Was willst du von mir? Was kannst du mir beibringen? Willst du mich küssen? Mich lecken, bis ich ohnmächtig werde? Schaffst du das überhaupt?
Ich ja. Bei dir bestimmt. Du scheinst mir aber auch nicht die größte Nummer zu sein. Das erkennt man an deiner Zunge.
Die muss nämlich schön breit sein, weißt du? Es reicht nicht, einen tollen Schwanz zu haben. Man braucht auch eine tolle Zunge. Breit. Wie eine Schaufel. Mit viel Speichel.
Musiker haben gewöhnlich so eine Zunge. Oder Sänger.
Typen, die mich mit der steifen Spitze ihrer schmalen Zunge lecken, mag ich nicht. Sie machen mich nervös.
Es ist, als hätte man einen Finger mit eingerissenem Nagel zwischen den Beinen, der dich hektisch berührt. Es ist, als

hätten sie keinen Spaß daran. Aber wenn mich einer leckt, muss es ihm gefallen.

Hier ist Fleisch genug. Zum Lecken. Um kräftig daran zu saugen. Und ich schmecke so gut.
Nein, du würdest tatsächlich Gefahr laufen, mich nicht zu genießen. Sieh dich doch mal an.
Du bist ganz und gar nicht sinnlich. Und wenn man dich so reden hört, hast du auch nicht besonders viel Phantasie.
Ich will einen, der mich zum Schreien bringt, verstehst du? Ich will jemanden, der auch dann nicht aufhört, wenn ich darum bettele. Könntest du das? Stell dir das mal vor: Ich nackt, auf dem Rücken, wie ich mit bittendem Blick flehe: »Sei vorsichtig. Bitte!«
Was machst du dann? Hörst du auf? Stirbst du nicht vor Verlangen, mir mehr zu geben?
Gib mir mehr. Bei mir darf man nicht aufhören. Man muss so lange weitermachen, wie es geht.

Könntest du das? Denk zuerst nach, bevor du ja sagst. Weil ich es nicht verzeihe, wenn man sich bei mir vertut. Sieh dir ins Gesicht und zwischen die Beine, und dann sag mir ehrlich, ob du das kannst.
Kannst du? Denn wenn es sich nicht lohnt, fang ich gar nicht erst an. Lass mich bloß nicht meine Zeit mit dir verplempern.
Du würdest es mit mir tun wollen. Wenn ich näher herankäme. Wenn ich dich weiter so ansähe …
Wenn ich mich an deine Schulter lehnen würde, fändest du vermutlich den Mut, mich zu küssen.

Wir sind zu dritt auf der Rückbank. Ich in der Mitte. Dein Freund hier neben mir kriegt kaum den Mund auf. In jeder Kurve werden wir aneinandergepresst.

Würde der vor uns abrupt bremsen, stürbe ich zerquetscht mit dem Schaltknüppel im offenen Schädel. Oder dem Armaturenbrett. Ich sitze mit Leuten im Auto, die ich praktisch nicht kenne.
Dich kenne ich auch nicht. Was willst du nur?
Wieso glaubst du, mich zu interessieren, wenn du es nicht einmal schaffst, dass ich mich wohl fühle?
Und wenn ich dich jetzt darum bäte, mich zu küssen? Wenn ich das tun würde, was mir durch den Kopf geht, einfach so, ohne Rücksicht auf Verluste? Schaffst du das überhaupt? Wenn ich erst einmal anfange, bin ich nicht zu bremsen, weißt du.

Wir sitzen zu dritt auf der Rückbank. Es ist eng. Du könntest dich nicht einmal abwenden.
Ich könnte meine Bluse aufmachen und mir eine Brust herausholen. Das geht ganz einfach, nur drei Knöpfe. Dafür muss ich nicht einmal aus dem BH schlüpfen, ihn nur hinunterschieben.
Ich könnte mich drehen und mich an dich pressen. Dich den nackten Busen spüren lassen. Dir die Hose aufmachen und deine Erektion spüren. Deinen Schwanz auspacken und loslegen. Hast du das schon einmal getan?
Ich meine nicht im Auto. Das ist normal. Im parkenden Auto tun es alle.
Nein. Ich meine im fahrenden Auto. Mit den plötzlichen Unebenheiten der Straße, den Leuten, die durchs Fenster hereinschauen. Mit den Kurven. Es ist lustig, wenn der Wagen abrupt hält und du nicht damit gerechnet hast. Hast du es je getan, wenn ein anderer am Steuer saß?
Hm? Es ist nicht übel, weißt du? Vor allem, wenn man unten liegt, auf der Rückbank, oder in der Mitte sitzt.
Schön ist auch der Blick von dem Typen vorne, der alles im Rückspiegel verfolgt.
Das ist das Aufregendste daran.

Jemanden zu haben, der dich zwischen den Beinen leckt.
Und zwei Augen, die dich nicht loslassen.
Du siehst nur sie. Nicht einmal das Gesicht. Nein. Nur die Augen. Sie sind da, bis du kommst. Hast du das je probiert? Möchtest du es jetzt tun? Könnte allerdings kompliziert werden, weil dein Freund dabei ist. Wir müssten improvisieren.
Und es ist ziemlich eng …
Wir könnten …

»Wie kommst du nur auf manche Ideen?«

Manche Einfälle kommen mir im Auto, wenn ich neben einem Idioten sitze, der mich anbaggert.

»Ich meine, sind das alles deine Phantasien und Sehnsüchte? Was du gerne tun würdest?
»Sagen wir mal, es sind – verschärfte Versionen von Gefühlen, die ich analysiert habe …«

Wie heißt du noch mal? Andrea? Andrea, du gefällst mir nicht. Dein Gesicht gefällt mir nicht. Deine Hose gefällt mir nicht. Deine Art gefällt mir nicht. Was gehen dich meine Sehnsüchte an? Hm? Kannst du eine davon befriedigen? Sieht nicht so aus.
Andrea, ich mag dich nicht. Dich, deinen Akzent, deine vorhersehbare Art. Ich kann mit dir tun, was ich will, weißt du? Ist dir das schon aufgefallen? Wenn ich will, bringe ich dich um den Schlaf.
Wenn ich mich jetzt über dich beuge und ohne viel Federlesen an ihm zu lutschen beginne, wirst du dein Leben lang nicht mehr ruhig schlafen.
Hast du das verstanden? Es kostet mich nichts, Andrea. Es kostet mich überhaupt nichts.

Und dein Freund? Wie lange könnte er den Unbeteiligten mimen?
Ich würde es ihm nicht erlauben, weißt du das? Bei mir muss jeder Stellung beziehen und entscheiden, was er tun will. Du möchtest sicher nicht, dass er uns die ganze Zeit bloß zusieht, oder?
Das wäre doch schade.
Was machst du, wenn ich dir die Zunge in den Mund stecke und dabei deinem Freund zwischen die Beine greife?
Er sitzt da und hört uns interessiert zu. Wohlerzogen. Er mischt sich kaum ein und verpasst kein Wort der Unterhaltung.

Es ist schön, die Schwellungen unter den Kleidern zu befühlen. Das mag ich für mein Leben gern.
Du aber kannst noch nicht einmal Knöpfe öffnen. Du bist einer, der sagt: »Mach du das«, wenn es dir zu viele Ösen werden.
Schätzchen, wenn ich es dir besorge, überlebst du das vielleicht nicht.

»Du bist eine sehr interessante Frau.«
Er sieht mich ernst an.
Gott, habe ich eine Lust, dir eine reinzuhauen.
»Zu freundlich.«

Was weißt du denn schon? Dass mir Schwänze gefallen? Bin ich deswegen interessant?
Na und? Was ist schon dabei? Du hingegen bist nicht interessant. Nicht das kleinste bisschen.
Was glaubst du, mit mir anstellen zu können? Was? Möchtest du mich auf allen vieren nehmen? Möchtest du mich zum Schreien bringen, wenn du von hinten in mich eindringst? Möchtest du mich mit Gleitcreme einschmieren, dich zwischen meine Arschbacken schieben und langsam hineingleiten lassen?

Schon getan, Andrea. Alles schon getan. Und ich schreie laut dabei, denn ich bin eng. Überall.
Ich habe es bereits getan, und so war es.

»Na ja, es gibt nicht viele Menschen, die aussprechen, was sie denken.«
»Tja – letztlich tue ich nichts Ungewöhnliches.«
Nein.
Außer Schwänze in einem Fahrstuhl zu lutschen, der zwischen Erdgeschoss und fünftem Stock pendelt und in dem du ständig damit rechnen musst, dass die Aufzugtür vor einem bekannten Gesicht aufgeht.
Ich habe es auch schon im Treppenhaus vom Büro getan.
Auf dem Schreibtisch, abends, wenn ich länger geblieben bin. Während er mich mit einem Stift aus meinem Stiftehalter befriedigt hat. Einem von diesen großen, wasserfesten. Die nach Alkohol riechen und dir Kopfschmerzen bereiten.
Weißt du, welche ich meine? Ich habe es getan.
Mit den Händen gegen die Wand gestützt, den Rücken ihm zugewandt, während der Mann vom Putzdienst jeden Moment hereinkommen konnte.
Oder mit jemandem, den ich kaum kannte. In der Wohnung eines Freundes von ihm, der ihm den Schlüssel überlassen hatte. Mit einem, der mich hätte umbringen können. Gefesselt und die Augen verbunden. Da habe ich um Gnade gewimmert. Um alles. Um jeden. Gefoltert. Gepeitscht. Mit Wäscheklammern an den Brustwarzen. Mit Stricken um die Knöchel, wodurch sich das Blut staut und die Male noch Stunden später zu sehen sind.
Du behältst so viele dieser Male am Körper zurück, dass kannst du dir nicht vorstellen. Du behältst sie auch im Kopf zurück, im Gehirn, diese Male.

Alles schon getan. Andrea. Ich habe es getan.

Ich bin vor allen nackt auf und ab marschiert. Mit Schuhen oder ohne Schuhe. Ich habe wunderschöne Schuhe. Und sobald ich kann, gönne ich mir ein Paar Holzpantinen mit Absatz.
Heute habe ich welche gesehen. Ich werde sie mir kaufen und marschiere nackt damit vor irgendjemandem herum, der auf jeden Fall nicht du bist.
Ich übertreibe es gern, Andrea.

Alle haben mich »meine Liebste« genannt. Alle sagen mir, ich sei weich. Ich sei wunderschön.

Ich gewinne, Andrea.

Ich weiß, wie es geht.
Wenn du willst, kann ich dich hier flachlegen, wie es mir passt, und etwas mit dir tun, was du nie mehr vergisst.
Die Dinge, die eine Frau mit dir anstellt, vergisst du nicht.
Weißt du, was geschieht, wenn ich es dir besorge?
Du wirst mich anrufen. Wirst mich wiedersehen wollen. Wirst mir Fragen stellen. Wirst Antworten wollen. Wirst hinter mir herlaufen.

Aber ich will dich nicht sehen.

Du wirst wahnsinnig werden. Das ist schon mal jemandem passiert, weißt du? Willst du seine E-Mails lesen? Ich habe sie alle aufgehoben.
Einen habe ich zerstört. Den müsstest du mal sehen, der ist am Ende. Ich bin gemein, findest du? Nein. Warum?
Er hat es nicht anders verdient. Er hat mir wehgetan. Er hat mich zu lange warten lassen. Hatte keinen Respekt vor mir.
Er hat es nicht verstanden. Das hat er jetzt davon.

Pech für ihn.

Was fange ich mit jemandem an, der mich um ein Treffen anfleht? Mit solchen Typen will ich nichts zu tun haben. Verstanden? Du läufst Gefahr, auch dort zu landen, bei denen, die ich nicht mehr sehen will. Ich erspare dir die Mühe und lasse dich gerne frei.
Schon vorab.

»Und …«
Was ist los, bist du heute in Plauderlaune?
Aber das wird dir nichts nützen.
»Das Ausgefallenste, was du getan hast?«
Was bedeutet Sex für dich?
Ausgefallene Zirkusnummern?
»Je nachdem … weißt du … die Geschmäcker beim Sex sind so verschieden … vielleicht ist das, was für mich normal ist, für dich ausgefallen … das lässt sich nicht so leicht sagen …«
Sieh mal, ich bin schließlich keine Trapezkünstlerin. Stattdessen will ich Sachen ausprobieren, die ich noch nicht kenne, Andrea. Ich will sie spüren.
Ich will alles ohne Zwischentöne spüren, um herauszufinden, ob ich dazu fähig bin oder nicht.
Ob ich es aushalte. Ich will wissen, wie ich bin.

Es existiert ein Video. Darauf bin ich beim Masturbieren zu sehen. Dann er, wie er mich leckt.
Wie er bestimmte Sachen mit mir macht. Kennst du chinesische Liebeskugeln? Sie lösen merkwürdige Empfindungen aus. Wenn er sie dir einsetzt, dann eine herauszieht, dann wieder eine hineinschiebt, dann alle beide herausholt, dann wieder … Es ist komisch. Du hast jedes Mal das Gefühl, die Haut würde zerreißen.
Als ob die Schamlippen sich aufbliesen. Empfänglicher

würden. Schön ist auch, sie zu schütteln. Dann bebt alles in dir drin.
Auf dem Video sind sie zu sehen. Seine waren weiß. Dann hat er noch einen blauen Vibrator benutzt.
Er hat ihn überall hineingesteckt. Das Ding macht ein merkwürdiges Geräusch. Ich muss immer lachen, wenn ich es höre. Als hätte er einen Pürierstab in der Hand. Witzig, oder?
Siehst du? Sex kann auch verflucht lustig sein. Und ich lache nun mal für mein Leben gern.
Er meint, ich sei schön in dem Video.
Kannst du dir das vorstellen? Wer weiß, ob ich deutlich zu erkennen bin, als ich komme. Was für ein Gesicht ich mache.
Ich habe ihn gebeten, es mir zu zeigen, aber wir hatten noch keine Gelegenheit. Wer weiß, wie ich aussehe, so auf dem Bauch. Alle legen mich so hin, weil ich einen hübschen Hintern habe.
Ich habe sehr viel geschrien. Wir waren in einem Hotel. Vier Sterne. Er ist reich. Er kann sich das leisten. Wir hatten ein wunderschönes Zimmer mit einem riesigen Spiegel. Wir haben uns dabei beobachtet.
Ich habe ihn gebeten, mir das Video zu zeigen.
Er fand die Bitte merkwürdig. Ich bin wohl die Erste. Die anderen schämen sich offenbar.
Ich nicht.
Das liegt daran, dass ich Spaß dabei habe, verstehst du? Ich sehe es gern, wenn er in mich eindringt.
Aber normalerweise gibt es keine ausreichend großen Spiegel.

»Und was ist für dich so normal?«
»Tja …«

Für mich ist es normal, mir allein Pornofilme anzuschauen.

Wie viele Frauen kennst du, die das tun?
Normalerweise sehe ich sie mir samstagnachmittags an, auf dem Sofa zu Hause. Und masturbiere dazu.
Oder nachts, wenn ich nicht schlafen kann.
Ich beobachte gerne Frauen, die von zwei Männern gleichzeitig genommen werden. Einmal bin ich genau in dem Augenblick gekommen, als ein schönes Mädchen mir in Großaufnahmen direkt in die Augen blickte …
Und du? Hast du jemals mit einer Frau zusammen einen Pornofilm angesehen? Ich habe es einmal mit drei Männern getan. Was denkst du jetzt? Hast du schon schmutzige Phantasien? Merkst du, was ich dir alles einreden kann?
Nein, ganz ruhig. Wir haben uns nur den Film angesehen. Es war sehr erregend. Aber nicht so sehr wegen der Bilder. Sondern wegen der Situation. Der Spannung.
Wegen der Verlegenheit. Sie waren angespannt, weil ich dabei war und sie sich nicht so geben konnten, wie wenn ich nicht da gewesen wäre.
Sie haben fast nichts gesagt. Nur hin und wieder eine witzige Bemerkung gemacht. Oder zumindest den Versuch.
Sie hatten Angst. Sie wussten nicht, wohin mit sich. Was sagen. Sie wollten nicht so wirken, als gefiele es ihnen nicht. Wollten aber auch nicht als Triebtäter dastehen.
Die Luft war wie elektrisiert …
Die drei Jungs und ich.
Es ist schwer zu erklären. Du müsstest es mal ausprobieren. Möchtest du ihn mit mir zusammen anschauen?

Möchtest du es einmal im Leben tun? Wenn du willst, tun wir es.
Such dir einen Ort aus. Und ich komme dorthin. Ich habe keine Angst. Kein Problem.

»Du bist nicht gerade gesprächig.«
»Nein.«

Wir sind fast da. Wir parken in einer Straße. Mailand am Abend sieht überall gleich aus.
Wir steigen aus. Ich kenne nur Marco, einen behaarten Typen mit Kinnbart.
Alle nennen ihn den »Onkel«. Seine Wohnung liegt im zweiten Stock. Insgesamt sind wir vielleicht zwanzig Leute. Die Wohnung ist nicht besonders groß, und in jeder Ecke steht ein Möbelstück von Ikea.
Die meisten Leute stellen sich in die Küche. Vor allem die Männer.
Ein Frauengrüppchen lässt sich auf dem Sofa im Wohnzimmer nieder.

Es ist fast eins. Normalerweise bin ich nicht so lange auf. Nur wenn ich schreibe.
Alle haben mächtig Lust zu reden.
Ich gehe ins Bad, mit der Entschuldigung, mein Make-up zu überprüfen.
In Wirklichkeit nervt mich der Lärm – das ganze Geschwätz der Leute.
Ich habe Augenringe und ein müdes Gesicht. Vielleicht liegt das auch an dem Neonlicht über dem Spiegel. Ich ziehe den Lidstrich nach. Lege ein bisschen Lippenstift auf, aber nur wenig. Ich habe empfindliche Lippen, die schnell austrocknen. Ich muss aufpassen, denn wenn sie aufplatzen, tut es weh, und sie hören lange nicht auf zu bluten.

Jemand will hereinkommen, drückt mehrmals auf die Klinke.
Ich warte, bis er weg ist, und gehe hinaus.
Im Wohnzimmer kreist schon ein Joint.
Ein Typ reicht ihn mir.
»Nein, danke.«
Ich lächele.
Ihm scheint es peinlich zu sein.

Diese Ablehnung löst bei der Sofarunde normalerweise eine Krise aus. Als würde ich ihnen vorwerfen, etwas Falsches zu tun. Als seien sie unartige Kinder.
Dabei ist es ein einfaches Nein.
»Rauchst du nicht?«
Andrea guckt ungläubig.
»Nein.«
»Hast du ein Problem damit? Stört es dich? Entschuldige, ich dachte ...«
»Nein. Absolut nicht. Kein Problem.«
Ich habe nur nein gesagt. Wo sollte das Problem liegen? Ich rauche nicht. Nichts. Ich nehme keine Drogen. Das habe ich noch nie getan, weil ich nicht die Kontrolle verlieren möchte. Oder besser gesagt: Ich verliere die Kontrolle lieber ohne Ausreden. Ohne Umwege. Was ich tue, das tue ich nüchtern, um alles genau zu spüren.

»Möchtest du etwas trinken?«
Das ist die erste sinnvolle Frage des Abends.
»Ja.«
»Was?«
Eigentlich hätte ich jetzt gerne einen Grappa. Aber Mailänder starren mich dann immer böse an. Zu provinziell.
»Einen Cuba Libre.«
Wenn ich die Coole herauskehren möchte, erkundige ich mich nach seiner Lagerzeit.
»Sehr gute Wahl!«
Idiot.

Er mixt ihn mir selbst. Stark. Hofft wohl, mich betrunken machen zu können. Mittlerweile hat er beschlossen, mich den ganzen Abend zu nerven. Ich versuche halbherzig, dem Gespräch der anderen zu folgen. Sie reden vor allem über Handtaschen und Urlaubsorte. Ich ziehe mich in eine Ecke zurück und blicke aus dem Fenster.

Ich finde es irgendwie merkwürdig, Häuser so direkt gegenüber zu sehen. Die Fenster quasi zum Greifen nah. Ich habe immer eher einsam gewohnt.
Auf einmal fühle ich mich unwohl.
»Also …«
Ich beende den an Andrea gerichteten Satz nicht.
Zum Glück bekomme ich eine SMS.
Ich lese sie.
»WAS MACHST DU?«
Der Typ mit dem Video.
Gut.
Ich stelle das Glas weg, um beide Hände frei zu haben.
Ich habe ein altes Handy, bei dem man noch jedes Wort austippen muss.
Er weiß, dass ich heute Abend in Mailand bin und mir solche Feste normalerweise wenig zusagen.
»MICH LANGWEILEN. RETTEST DU MICH?«

Senden.

Andrea kommt erneut.
»Gute Nachrichten?«
Er deutet auf das Handy.
Großartig, wenn er mich hier rausholt.
»Vielleicht.«
Ich nippe an meinem Glas.
Wieder eine Nachricht.
»WO BIST DU?«
Besser, ich rufe ihn an. Das geht schneller.
»Entschuldige mich kurz …«
Schnell entferne ich mich ein paar Schritte von Andrea.
Ich lehne mich an die Wand und wähle die Nummer.
»He!«
»Ciao! Und?«
»Rette mich!«

Er lacht.
»Bist du denn frei? Haben wir Zeit?«
»So viel du willst! Wo bist du?«
»Ich muss noch etwas zu Ende bringen … In vierzig Minuten bin ich so weit. Wo bist du?«
»Via Ponte Nuovo. Richtung Peripherie … Weiß nicht genau …«
»Ach so.«
»Wenn du willst, rufe ich mir ein Taxi und komme dir entgegen.«
Er denkt kurz nach.
»Okay. Dann lass dich zur Frescobar fahren.«
»Gut. Das dauert ungefähr genauso lange. Ich rufe jetzt das Taxi.«
»Bist du fit?«
Das bedeutet, dass er etwas vorhat.
»Ja.«
»Dann bis gleich.«
»Soll ich drinnen auf dich warten?«
»Ruf mich an, wenn du in der Nähe bist.«
»Okay. Ciao.«
Ich drehe mich um.

»Welche Hausnummer ist das hier?«
Andrea fragt die Umstehenden. Jemand nennt eine Zahl. Hoffentlich stimmt sie auch.
Dann schaltet er.
»Warum? Willst du etwa schon gehen?«
»Ja. Ich habe noch was vor.«
»Das ist aber blöd, dass du schon gehst, wo du doch gerade mal eine halbe Stunde hier bist.«
»Ich weiß.«
Und offen gestanden ist es mir piepegal. Ich bemühe mich nicht einmal, mir eine Ausrede einfallen zu lassen. Hast du gar nicht verdient. Spiel ruhig den Beleidigten.

Es wird kein Wiedersehen geben.

Ich habe schon die 4040 gewählt.
»Funktaxi.«
»Guten Abend. Ich hätte gern einen Wagen in die Via Ponte Nuovo Nummer 16.«
»Bleiben Sie kurz dran, bitte.«
Ich warte. Zwei ewige Minuten betrachte ich prüfend meine Schuhspitzen.
Dann höre ich wieder etwas.
»In drei Minuten, die drei-sechs-drei-vier.«
»Danke!«
»Schönen Abend noch.«
Ich nehme meine Jacke.
Ich trinke nicht einmal aus. Lasse alles stehen und liegen.
»Ich bring dich noch runter.«
Wenn du es nicht lassen kannst.
»Wie du willst. Ciao, Mädels.«
Ich rufe es in das Zimmer hinein. Als Antwort ertönen die üblichen Rufe wie »Gehst du etwa schon?« derer, denen vorher gar nicht aufgefallen war, dass ich da war. Alles, was zählt, ist, eine volle Wohnung zu haben.
Egal, wer da ist.

Ich mache die Tür auf und gehe hinunter. Kurz entschlossen nehme ich die Treppen. Schließlich will ich nicht riskieren, mit Andrea im Fahrstuhl stecken zu bleiben. Meine Absätze hallen auf jeder Stufe wider.
Ich renne.

Vor der Haustür bleibe ich stehen.
»Sag mal – vielleicht können wir ja mal telefonieren.«
Nein.
»Nein.«
Damit hat er nicht gerechnet.

Ich will mich nicht mit dir abgeben. Besser, ich sag's dir gleich.

Er wirkt enttäuscht. Fängt sich.
»Nicht mal einen Abschiedskuss?«
»Wenn du darauf bestehst.«
Du hast es so gewollt.
»Gib ihn mir.«
Ich hebe meinen Rock hoch. Ich habe keine Unterwäsche an. Die weißen Stellen vom Bikinihöschen genügen. Er erstarrt. Bekommt keinen Ton heraus. Kann sich nicht rühren.

Ich hatte dich gewarnt, dass du es nicht schaffen würdest.
Das Taxi kommt und macht eine Vollbremsung. Rasch streiche ich den Rock glatt.
Ich öffne die Tür und gehe grußlos hinaus.
Zufrieden? Jetzt hast du etwas, woran du dich dein Leben lang erinnern kannst.
Ich warte zehn Minuten vor der Frescobar. Ich habe keine Lust hineinzugehen. Er müsste gleich hier sein. Außerdem schließen sie schon. Es ist ein bisschen kalt. Wenn ein Auto langsamer wird, tue ich unbeteiligt. Hier sind lauter chinesische Läden, da kann ich mir wenigstens ein paar Schaufenster angucken.

Er kommt.
Er fährt an den Bordstein und beugt sich über den Beifahrersitz, um mir die Tür zu öffnen.
»Ciao.«
»Ciao, mein Schatz.«
So nennt er mich immer.
Er mustert mich kurz, während ich den Gurt anlege.
»Und?«
»Was?«

»Das Fest?«
»Grauenvoll.«
Von der CD erklingt Norah Jones. Sein Jeep hat zwölf Boxen. Man fühlt sich wie im Kino. Wir verlassen das Stadtzentrum. Ich frage nicht, wohin wir fahren. Ich lasse mich gern überraschen.
»Steht dir gut, was du da anhast.«
»Danke.«
Er schweigt.
Es ist, als überlege er, was er mir sagen soll.
»Warst du schon einmal draußen am Graben?«
»Nein.«
»Möchtest du hinfahren?«
Wenn du dabei bist.
»Ja.«
An der ersten Ampel mustert er mich. Lächelt mir zu. Er gefällt mir.

Er fährt gut. Er hat ein PS-starkes Auto, das dich bei jeder Beschleunigung in den Sitz drückt. Hinten gibt es sieben Sitzplätze. Er hat die Kindersitze herausgenommen.
»Schau mal ins Handschuhfach.«
»Hier?«
»Ja.«
Ohne dass ich es anfasse, springt das Fach mit einem Schlag auf.
Alles purzelt mir entgegen. Was habe ich jetzt bloß wieder kaputtgemacht. Es sind Straßenkarten und Feuchttücher darin.
»Da muss auch irgendwo ein Tuch liegen – kram mal ein bisschen.«
Ich suche. Ganz hinten ist es, halb versteckt.
»Da.«
Es ist eine Augenbinde.
»Gut, die brauchen wir später.«

Er macht eine lange Pause.
Dann fährt er fort.
»Heute Abend – habe ich etwas mit dir vor. Ich möchte dich mit jemandem zusammenbringen. Oder mit mehreren. Du wirst die Augen verbunden haben und sie nicht sehen. Ich leite das Treffen. Ich entscheide, was getan wird. Was sie mit dir tun werden. Möchtest du das?«
»Ja.«
»Okay. Dann behalte sie für später.«
Er lächelt mir zu und legt seine Hand leicht auf mein Bein.
»Du bist sehr schön heute Abend.«
Das hast du mir schon gesagt.

Bei der Musik kann ich entspannen. Die Huren spazieren am Straßenrand auf und ab. Sie sind vulgär. Übertrieben. Ich werde nie den Mut haben, mich so anzuziehen. Er verschickt in der Zwischenzeit SMS. Ich blicke nach draußen.

Wir fahren eine Raststätte an. Aber wir halten nicht an den Zapfsäulen. Wir fahren bis zum Ende des Parkplatzes, wo mehrere Autos stehen. Er schaltet die Scheinwerfer aus und parkt neben einem Mercedes.

Wir sind da.
»Soll ich sie mir umbinden?«
»Das mache ich.«
Ich lasse mir die Augen verbinden.
»Ich steige kurz aus. Keine Sorge. Wenn du Angst hast, und sei es nur einen Moment lang, sag es mir. Wenn ich es abbrechen soll, tue ich es. Okay?«
»Okay.«
»Ich bin sofort zurück.«

Er steigt aus.
Von weitem höre ich vorbeifahrende Lastwagen. Um diese Uhrzeit ist nicht viel Verkehr.
Dann geht der Kofferraum auf. Ich höre Geräusche. Ich glaube, er schiebt die Sitze zurecht. Kurz darauf öffnet er die Beifahrertür.
»Ich ziehe dir jetzt die Schuhe aus, dann nehme ich dich hoch und setze dich hinten rein.«
Er tut, wie angekündigt, alles mit größter Umsicht. Dann legt er einen Arm um mich und hebt mich hoch. Einen Moment hänge ich frei in der Nachtluft, lange genug, um einen Meter weiter hinten auf dem Sitz niedergelassen zu werden. Er hat ein Handtuch darüber gebreitet.
Ich soll mich hinlegen.
»Hast du es bequem so?«
»Ja.«
Ich kann mich ohne Probleme ausstrecken.
»Ich bin sofort zurück.«

Wohin gehst du denn jetzt schon wieder?

»Ich sage dir nicht, mit wem wir hier sind. Okay?«
»Ja.«
»Ich ziehe dich jetzt aus.«
»In Ordnung.«
Er knöpft mir den Rock auf und zieht ihn mir aus. Ich spüre förmlich sein Lächeln, als er merkt, dass ich darunter nackt bin. Daran wird er mich tagelang erinnern, da bin ich mir sicher. Ich weiß, dass er das mag. Dann knöpft er mir die Bluse auf. Streift mir den BH ab. Zum Glück muss ich nichts über den Kopf ziehen, sonst würde noch die Binde verrutschen.
Nun bin ich nackt. Meine Brustwarzen sind steif. Die Luft ist kühl. Ich zittere leicht.
»Ist dir kalt?«

Ich lüge.
»Nein.«

Er hat warme Hände. Warm und glatt. Plötzlich werden es vier. Ich kann nicht sagen, ob es sich bei den beiden anderen um Männerhände handelt oder nicht. Sie trennen sich. Zwei wandern höher und zwei tiefer.
Ich konzentriere mich auf meinen Atem. Das hat er mir beigebracht. Denk niemals darüber nach, was passiert. Atme einfach. Dann ist es noch schöner.

Tatsächlich vervielfacht sich alles.
Die zweite Person küsst mir die Füße. Die Knie. Die Hüften. Den Bauchnabel.
Ich bin feucht.
Dann höre ich Reißverschlüsse. Und das Rascheln von Stoff. Ich glaube, er zieht sich aus, während die andere Person mich weiter berührt.
»Ich bin hier.«
Ab und zu wiederholt er es. Er küsst mich auf den Mund.
Dann entzündet sich ein zweites Feuer zwischen meinen Beinen. Mitten im Zentrum. Ich habe eine Zunge im Mund und eine in der Spalte. Der Mund unten löst sich.
Er zieht sich aus.
Er küsst mich noch immer und liebkost meine Brüste. Dann machen sie mit Zungen und Händen weiter. Der Mund auf meinem Mund entfernt sich, und ein harter Schwanz stößt auf meine Lippen, bahnt sich seinen Weg und beult mir die Wangen aus.
Er gibt eine Kostprobe von sich. Zieht sich zurück. Stößt heftiger zu. Ich stöhne, weil auch die Zunge unten nicht nachlässt. Dann hält er inne. Wartet. Er streicht mit dem Geschlecht über meine feuchten Ränder und dringt ein. Es ist also ein Mann.

Er ist nicht sehr groß. Er hebt mein Becken leicht an und versetzt mir ein paar schnelle Stöße.
Die Anlage hat er angelassen. Die CD wechselt automatisch. Die Musik ist jetzt lauter. Es läuft Placebo.
Sie drehen mich auf den Bauch. Tauschen die Plätze. Der andere lässt sich lecken. Er schmeckt leicht bitter.
Nun ist er hinten. Dringt vorsichtig ein.
»I'll be watching ...«, erklingt der Refrain.
Mehr kann ich nicht verstehen. Es ist ohrenbetäubend. Aber in Ordnung. Es ist in Ordnung so.
Er bewegt sich mit schnellen Stößen. Mit der Hand fasse ich nach dem Typen, den ich nicht kenne.
Er hat einen durchdringenden Geruch. Beginnt zu schwitzen. Schmeckt süßlich.
Die Haut der Hodensäcke ist nicht sonderlich gespannt. Du scheinst nichts Besonderes zu sein.
Sie haben sich nicht komplett ausgezogen. Keiner der beiden.
Der hier hat sein Hemd noch an, das mir ab und zu über die Nase fällt, bevor er es schnell wieder wegzieht.
Und auch der andere hat es wohl nur aufgeknöpft, ohne es auszuziehen. Stoffränder streichen mir über die Hüften, im selben Rhythmus, in dem er sich bewegt.
Es ist komisch.
Ich atme. Wenn er heftiger wird, stöhne ich auf. Hin und wieder höre ich die beiden ein Wort wechseln.
Niemals ganze Sätze. Eher leise Kommandos. Vielleicht tauschen sie sich aus, was sie als Nächstes tun.
Keine Ahnung.

Als sie genug haben, legen sie mich wieder auf den Rücken.
Mir ist schon länger nicht mehr kalt. Er sagt immer, ich hätte im Liegen Wahnsinns-Titten, weil sie so einen breiten Ansatz haben. Ich wette, dass er sie gerade anstarrt.

Es entsteht Bewegung. Beide kommen näher.
Jetzt sind sie neben mir. Ein merkwürdiges Warten. Ich glaube, sie onanieren. Ja. Scheint so.
Man hört Leute atmen.
Wer weiß, ob sie sich anschauen. Oder mich.
Einen Moment lang passiert gar nichts.

Dann regt sich etwas neben meinen Füßen.
Jemand steigt über meine Beine und drückt sie auseinander.
Eine Zunge beginnt mich zu lecken, und vor Lust und Überraschung bäume ich mich auf.

Sie sind zu dritt!

Einer hat bisher wohl nur zugesehen. Das habe ich nicht erwartet. Es ist schön. Keine Frage.

Ich klammere mich an die Jeans der Jungs neben mir. Hin und wieder hemmt der Schwanz von einem der beiden meine Atemzüge. Ich höre nichts mehr. Die Musik ist noch lauter.
Sie erfüllt den Innenraum des Wagens. Die Luft ist feucht. Riecht nach Atem.
Die Scheiben sind bestimmt beschlagen.
Ich fühle warme Spritzer auf mir. Ein unregelmäßiger, unentschlossener Schauer, warm, klebrig, kurzlebig. Er klebt auf meiner Haut. Kriecht mir langsam wie eine Schnecke den Busen hinab. Kurz darauf fühle ich einen weiteren warmen Strahl über mein Gesicht laufen.
Er tränkt auch die Augenbinde. Benetzt Lippen und Kinn. Außer der Zunge spüre ich nun auch Finger in mir. Ich zerre an dem Stoff in meinen Händen. Ich weiß nicht, wer das hier neben mir ist.
Ich bewege mich. Die Binde verrutscht.

Die Lust bohrt sich wie ein Stich in meinen Bauch. Ich bäume mich auf und verharre mit durchgedrücktem Rücken einen endlosen Atemzug lang in der Luft, bis die Schauer des Orgasmus mich erfüllen.

Sie gehen weg. Ich bleibe liegen und lasse den Rausch verebben. Sie öffnen und schließen Handschuhfächer.
Niemand redet. Eine Gürtelschnalle klappert. Sie ziehen sich wieder an.
Nur ich bin noch nackt.
Alles geht ziemlich schnell. Sie machen sich zurecht und steigen aus.
Die Kälte, die durch die Wagentür hereinströmt, erinnert mich an die Nässe auf meiner Haut.
»Warte hier.«
Auch er steigt aus.
Es ist noch nicht vorbei. Ich hoffe, dass er bald die CD ausmacht, die mir allmählich auf die Nerven geht.
Ich höre Türenschlagen, dann fährt der Mercedes davon.

Nach ein paar Minuten steigt er wieder ein.

Er nimmt mir die Binde ab. Ich habe Schwierigkeiten, ihn im Dunkeln scharf zu sehen. Dann gewöhne ich mich daran.
Er streichelt mich.
Lächelt.
»Da.«
Er reicht mir ein Feuchttuch. Ich hasse diese Dinger. Je mehr du wischst, desto klebriger wird alles.
Ich fahre mir damit übers Gesicht.
Er säubert den Rest meines Körpers.
»Ist dir kalt?«
»Ein bisschen jetzt.«

Ich suche meine Kleider. Er hilft mir. Sie liegen hinten im Wagen. Jetzt habe ich es fast.
»Bist du so weit?«
»Hm-m. Die Sitze?«
»Lass nur. Darum kümmere ich mich später.«
Er steigt über die Sitze nach vorn und setzt sich ans Steuer. Ich schließe die letzten Knöpfe. Dann sinke ich in den Beifahrersitz, während er ausparkt.
Er sieht mich an.
»Wie geht es dir?«
»Gut.«
»Ihr wart zu dritt, stimmt's?«
»Ja.«
»Männer.«
»Warum fragst du das?«
»Etwa nicht? Es schien mir so.«
»Nein. Es war eine Frau dabei. Die du am Ende gespürt hast, war seine Frau. Warum?«
»Nur um es zu wissen.«
»Findest du das erregender?«
»Es ist dasselbe – oder nein. Ja. Ja. Es ist besser.«
»Sie war sehr schön.«
»Schöner als ich?«
»Ihr seid total verschieden.«
»Hm.«
»War ich gut?«
Er lächelt.
»Du bist immer gut. Ach so, hier ist Geld für dich.«
Er zeigt in Richtung Schalthebel. Dort liegen zweihundert Euro.
»Ich dachte, diese Dinge gibt's gratis.«
»Je nachdem. Theoretisch, aber sie wissen nicht, dass wir uns kennen … Sagen wir – es funktioniert so einfach besser.«
Ich verstehe zwar nicht, warum, aber es ist in Ordnung.

Ich stecke das Geld ein. Davon kaufe ich mir die gelben Holzpantinen, die ich heute Morgen gesehen habe.

Wer weiß, ob Andrea immer noch wie eine Salzsäule im Hauseingang steht.
Hoffentlich gibt ihm niemand meine Telefonnummer.

Von den Scheiben tropft Kondenswasser.

SMS

Du stehst hinter mir. Küsst mich auf den Hals. Während du meine Beine gespreizt hältst, leckt mich ein Mädchen. Dann schiebst du mir die Zunge in den Mund, dringst hinten ein, und sie macht weiter, bis ich komme.

Ich drücke OK, wähle den Empfänger, drücke SENDEN.
Der Briefumschlag auf dem Handy-Display fliegt davon.
Er ist kein Morgenmensch. Ich werde Stunden auf eine Antwort warten müssen.

Auf meinem neuen Motorola V220 bleiben die versendeten Nachrichten automatisch im Speicher.
Es gibt eine Erneut-senden-Funktion. Ich wähle sie. Noch einmal das Ganze.
An der Nachricht ändere ich nicht das kleinste Komma.
Nur den Empfänger.
Der müsste immerhin schon auf sein. Versuchen wir's mal.

SENDEN.
Der Briefumschlag fliegt los. Ich warte.

Es geht nicht nur ums Ficken. Das ist das wenigste. Dann könnte ich genauso gut anrufen.
Ihn ein wenig umschmeicheln. Oder rundheraus fragen.

Nein.
Hier geht es vielmehr darum, die Hormone in Wallung zu bringen. Den Adrenalinspiegel zu heben.
Blut in die Hautlappen eines Mannes zu jagen ist das geringste Problem.
Viel lustiger hingegen ist es, ihn um den Verstand zu bringen.
Ich liebe den Gedanken, dass sie, allein in der Erwartung, mich zu treffen, bereits mit Sperma um sich spritzen. So ist der Sex noch viel schöner. Indem man Gefühle hervorruft. Ein Bett bereitet allein aus Stimuli.
Sie sind besser, wenn sie unter Strom stehen.

Ich will eine Frau sein, die man nicht mehr vergisst. Ich will eine von denen sein, welche die Männer sich mit geschlossenen Augen vorstellen, wenn sie mit einer anderen im Bett sind.

Leider hat die Natur nur wenig dazu beigetragen. Ich sehe nicht gerade umwerfend aus.
Ich habe einen leidlich proportionierten Körper, der mit der Zeit Falten entwickeln und zu einem für den Inhalt viel zu weiten Sack werden wird.
Ich bin nicht gerade das, was man eine attraktive Frau nennt.
Meistens findet man mich »ganz hübsch«.
Ich bin keine Traumfrau. Aber ich habe gelernt, es virtuell zu sein.
Ich habe herausgefunden, was sie wollen. Wovon sie träumen.
Die beiden sind Glückspilze. Mal sehen, wer zuerst anbeißt.
Was passiert. Wie viele SMS ich benötige, um eine Leistung zu bekommen, wie sie im Buche steht.

Nichts passiert.
Einer schläft vermutlich noch und wird mir im unpassendsten Moment antworten.

Es ist reine Glückssache, ob ein Empfänger sofort zum Dialog bereit ist.
Das Handy piept. Komisch. Eine schöne Überraschung.

LESEN.

Nette Phantasie … Und als du kommst, füllt mir das andere Mädchen den Mund mit deinem Nektar, vermischt mit ihrem Speichel – direkt auf meine Zunge.

Er hat nichts kapiert. Keine Chance. Hier gibt's nichts zu ficken.
Merkst du das nicht? Damit ist die Sache beendet. Punkt und Ende. Ein bisschen was Animalischeres hätte ich schon erwartet. Was mir die Hitze in die Knochen treibt. Was mich feucht werden lässt. Wenn ich dir so etwas schreibe, bin ich schon auf dem besten Weg.
Nichts. Es reicht eben nicht, dass der Empfänger zum Austausch bereit ist. Er muss auch in Laune sein und Lust dazu haben. Sonst macht er alles falsch.
Nein. Er bekommt sie nicht. Ich antworte nicht mal. Zum Teufel. Von mir aus kannst du noch vierzehn Tage weiter wichsen.

Ich habe beschlossen zu onanieren. Sofort stehe ich auf, gehe auf die Toilette und tue es.
Da er sowieso schon wach ist, verkünde ich ihm am besten die frohe Botschaft, dann kann er vielleicht verbal an Suggestionskraft zulegen und mich dabei unterstützen, es länger hinauszuzögern.
Eine zweite Nachricht kommt piepend an. Wahrscheinlich ein Versuch, die Situation zu retten.

Zehn Minuten sind vergangen. Zeit genug, um zu kapieren, dass das Gespräch gerade gestorben ist.

Aber es ist der andere.

Ich bin in Rom bei einem Freund. Draußen regnet es. Sobald ich zurückkomme, reibe ich dich mit duftendem Öl ein und knete dich wie einen Brotteig. Möchtest du?

Natürlich will ich.
Mal sehen, wie er drauf ist. Ich will gerade die Antwort-Taste drücken, da erreicht mich eine dritte Nachricht.

Du hast dich gerade selbst befriedigt? Wann? Beschreibe mir deine Lust …

Hm. Der Junge holt auf. Wenn der Typ aus Rom nicht rechtzeitig zurück ist, treffe ich mich eben mit ihm. Ich antworte ihm und bringe ihn zum Schweigen. Mit dem in Rom war es besser, und wir haben uns schon länger nicht mehr gehört. Okay. Das schenkt mir eine gewisse Wahlfreiheit.
Wenn mein Tag es zulässt, mache ich mit beiden ein Treffen aus. Ich habe es noch nie geschafft, mir drei Ficks in einer Woche zu sichern.
Zwei an einem Tag dagegen schon.
Ich werfe einen Blick in meinen Terminkalender. Einer zu Beginn und einer am Ende der Woche wäre perfekt.
Na ja. Mal sehen. Die beiden haben normalerweise viel zu tun.
Außerdem muss ich Freiräume schaffen für eventuelle Zeitverschiebungen in letzter Minute.
Wenn mir das gelingt, bin ich gut.

Noch eine Nachricht. So ist er nun mal: Er ist gut drauf heute, und wenn er anfängt, ist er ein reißender Fluss.

Ich möchte dich ficken und mich von dir ficken lassen, wenn ich Fieber habe … Alles ist heißer … kochend. Ich bin bald zu Hause und werde mir einen runterholen – in Gedanken an dich …

Der letzte Satz erinnert mich an ein Stück von den Matia Bazar. Komische Vorstellung.
Aber es stimmt. Ich habe es noch nie mit Fieber getan. Auch weil ich nie Fieber habe.
Außerdem vermute ich, dass mein Schweiß dann sauer wird. Keine Ahnung.
Okay. In Ordnung. Du hast es dir verdient. Ich antworte ihm, dass ich ihn gerne treffen möchte.
Ich versuche es sofort mit Tag und Uhrzeit. An dem Tag kann er nicht. Vielleicht am Abend danach? Okay. Dann also der Abend danach.
Es ist die letzte SMS, die ich ihm schicke. Bis zu dem Tag, an dem wir uns treffen, wird er keine mehr bekommen. Ich möchte, dass er sich meldet.

Du kannst dich ein bisschen auf eigene Kosten aufwärmen. Ich spare lieber meine Kräfte und sehe mich nach etwas um, was ich mit dir anstellen könnte.
Er ist einer, der gerne spielt, und ich denke, dass ich mit ihm etwas ausprobieren kann.

Ich wende mich wieder Rom zu. Ein paar Minuten sind vergangen. Es wäre nicht klug, ihn warten zu lassen.
Ich habe noch Zeit, bevor ich ankomme. Mal sehen, ob er auch welche hat.
Mit ihm schicke ich mir gerne SMS: Er schreibt gut. Er hat Phantasie. Und Geschmack.
Ich antworte, dass ich alles mit mir machen lasse, was er will, dass ich es mir vorstellen möchte.
Mal sehen, ob er mir ein paar Details gönnt.

SENDEN.
Kurz darauf seine Antwort.
Ich bin in einem Raum mit Tonnengewölbe. Ich sitze vor meinem Laptop am Schreibtisch. Mit einer dicken Erektion in der Hand, die an dich denkt.

Phantastisch. So jemanden muss man doch einfach anbeten!
Auch ich denke an ihn. Auch ich habe Lust, ihn zu sehen. Ich würde seinen Orgasmus gerne bis zuletzt verfolgen.
SENDEN.

Du bist wunderschön, wenn du genießt. Dein freudiges Stöhnen ist eine Ehre für Gott und seine Schöpfung, wunderbares Weib.

Verflixt. Und ich dachte, er sei Atheist. Normalerweise erhalte ich weniger romantische Widmungen.
Er ist ein echtes Prachtexemplar von Mann. So schön, wie ich sie selten in die Finger bekomme.
Ich schaffe es nicht, noch eine Zeile zu schreiben. Eine Taste zu drücken.
Da summt das Handy schon wieder.

Ich will dich da liegen sehen, verlassen, ausgepumpt, völlig dumpf von all den Orgasmen, dein Gesicht vollgespritzt.

Ein wirklich lyrisches Bild von mir, während ich in einem proppevollen Zug sitze und zu einem anderen fahre.
Würdest du mir das auch schreiben, wenn du Bescheid wüsstest?
Ich habe Lust, mit ihm Sex zu haben. Er fehlt mir. Und es stimmt. Es ist bestimmt schon einen Monat her, dass wir uns gesehen haben. Ich habe Lust, ihn zu berühren. Diese Wirkung hat er immer auf mich.

Ich sage es ihm.

Ich schließe mich in die Toilette ein. Hole mir dir zu Ehren einen runter.

Ich sage ihm, dass ich mir alle seine Spritzer in meinem Gesicht vorstelle. Es stimmt. Das mache ich ziemlich gerne mit ihm.

Vorsicht, ich bin schon lange nicht mehr gekommen, bin geladen, auf deinen Wangen Lidern Lippen werden viele warme, schwere Tropfen landen.

Ich kann ihm nicht rechtzeitig antworten. In dem Abteil achtet niemand auf mich.
Schon trudeln die Details ein.

Ich halte eine weiße, leere SMS bereit wie ein Spermablitz auf deine Sahnetitten, schleudere sie dir entgegen, während ich mit links OK drücke und mich verströme.

Weiteres Piepen.

Ich stehe mit gespreizten Beinen da, mein Schwanz pulsiert, ich schiebe ihn dir in die Spalte, gleich ziehe ich ihn wieder heraus und ziele auf dein Lächeln.

Ich kann es gerade noch lesen. Er schreibt wahnsinnig schnell.
Mein Handy ist schlecht eingestellt. Wenn ich schreibe und gleichzeitig eine neue Nachricht bekomme, ist danach alles, was ich geschrieben habe, gelöscht. Schon wieder. Zum dritten Mal.
Ich gebe es auf, bis er fertig ist.
Ich bin feucht. Rot im Gesicht. Es ist eng hier. Und du bist so weit weg. Du masturbierst meinetwegen.

Dann kommt sie. Ein weißer Dolchstoß. Ein leeres Display. Voller Bedeutungen. Das Aufregendste der Welt. Nicht einmal sein Keuchen durch das Telefon könnte besser sein. Es ist, als wäre er tatsächlich auf meinem Gesicht gekommen.
Er hat sich literweise ins Netz verspritzt, via SMS, hat die Pixel meines V220 in dickflüssige Suppe verwandelt.

Er ist gekommen.

Ich weiß, wie das bei ihm geht.
Er legt den Kopf zurück, hält die Luft an, stößt mit zitternden Lungen ein A aus, reißt dabei Augen und Pupillen auf, als helfe ihm das, so viel Sperma wie möglich aus sich heraus zu verströmen.
Dann atmet er tief durch. Schließt die Augen und fängt sich. Meditiert kurz.
Eine endlose Minute lang sagt er gar nichts. Ich wette, so hat er es auch jetzt gemacht.
Deine Orgasmen kenne ich in- und auswendig.
Ich kenne sie so gut, dass ich feucht bin und dich gerne hier zwischen meinen Beinen spüren würde.
Nicht per SMS.

Im Moment des Orgasmus hat sich mein Daumen verkrampft, deine Nummer ist erschienen und ich habe beim Orgasmus gedrückt und mich dann unter der Dusche verströmt.

Ich mag dieses Bild, weil ich es mir gut vorstellen kann. Er versorgt mich mit allen notwendigen Details.
Du lässt mich alles mitfühlen.
Wieder ein Piepen.

Jetzt auf dem Bidet, sanfte Flüssigseife auf dem gummiartigen, immer noch geschwollenen Hütchen, ich stelle mir deine 37 Grad warme Hand vor, zwischen dem frischen Wasser.

Du hast keine Ahnung, wie gerne ich dich jetzt wirklich anfassen möchte. Wie gerne ich meine Hand da hätte.
Ich sage es ihm. Besser als nichts.
Du bist gekommen. Ich nicht.

He, schöner hätte der Tag gar nicht anfangen können! Das war eine tolle Idee von dir, für die ich mich bedanken möchte, aber nicht mit Worten, sondern mit einer Massage.

In einer Woche, mein Schatz. Wenn du zurück bist. Wenn du wieder hier bist, machen wir alles.
Jetzt lass mich, während meine Schamlippen nur darauf warten, jemand anderen aufzunehmen.
Nach ein paar Sekunden erledige ich meine Pflicht. Ich versende meinerseits eine leere SMS.
Ich glaube nicht, dass es auf ihn die gleiche Wirkung hat wie auf mich. Vor allem, da er sich sowieso auf dem Rückzug befindet. Er stürzt ein. Außerdem sind wir noch nie zusammen gekommen.
Wie also jetzt.
Okay. Nächste Woche treffe ich mich auch mit dir. Und wir werden all die Sachen ausprobieren.

– – – – – – –

Ale holt mich vom Bahnhof ab.
»Ciao.«
Er spricht in einem trägen Singsang. Ich glaube, es ist typisch für die Gegend hier.
»Hattest du eine angenehme Reise?«
Die Details der SMS und meine schnarchenden Sitznachbarn lasse ich unerwähnt.

Ich habe jemanden, den du nicht kennst, per SMS zum Kommen gebracht. Ja, ich hatte eine angenehme Reise.
Seine kleine Wohnung schließt sich an einen Hof an. Die Schlüssel hast du an einem bunten Band um den Hals hängen.
»Entschuldige die Unordnung … Ich bin gestern spät wiedergekommen …«
Es herrscht beträchtliches Chaos. Aber immerhin tröstet es mich, zu sehen, dass vor mir noch keine Frau hier war. Auch nicht seine Mutter. Gut so. Ich hasse Männer, die nicht alleine klarkommen. Sie sind nicht so prickelnd.

Er hat farbige Vorhänge vor den Fenstern, eine jamaikanische Flagge, überall CDs. Selbst in der Küche hängen mit Tesafilm befestigte Fotos. Schmutzige Gläser. Alkoholika. Über die Wohnung verstreut improvisierte Aschenbecher.
»Die Jungs von der Band waren noch da …«
Ich lächele.
»Kann ich mal das Bad benutzen?«
Es war eine lange Reise, ich bin ganz feucht und möchte mich erst einmal ein wenig frisch machen.
»Ja – warte.«
Er geht gucken, ob es präsentabel ist.
Er zieht die Klospülung.
»Ja, okay. Bitte entschuldige das Chaos …«
»Keine Sorge.«
»Nein, ich sorge mich nicht, nur …«
»Schon gut. Ganz ruhig. Ich habe auch eine Wohnung!«
Ohne Aschenbecher. Bei mir herrscht Rauchverbot.
Und sie ist etwas aufgeräumter als diese hier, aber aus dem einfachen Grund, dass ich öfter zu Hause bin.

Ich schließe die Tür hinter mir. Dann klappe ich die Brille herunter und pinkle.
Er hat keine Musik angemacht. Einmal hat er mir erzählt,

eine seiner Sexphantasien sei es, mich in einer solchen Situation zu beobachten. Wenn er jetzt hereinkäme, würde ich ihn erschießen. Ich hasse es, in intimen Momenten gestört zu werden.

Ich mache mich so gut es geht frisch. Ich benutze nicht gerne anderer Leute Handtücher.
Er hat keine frischen aufgehängt. Für so etwas ist er noch zu unerfahren.
Ich ziehe nichts von dem aus, was ich trage.
Als ich herauskomme, telefoniert er. Er wird ständig angerufen.
Ich wandere ein bisschen umher.
Auf dem Küchentisch liegen Krümel.
Ich sehe aus den Fenstern.
Das schöne am Landleben ist, dass es draußen immer grün ist. Und dass die anderen Häuser meterweit entfernt sind. Wenn nicht gar kilometerweit.
Ich ziehe mich aus, während er über eine Gage verhandelt.
Er folgt mir mit den Blicken. Ich schlüpfe aus der Bluse und lasse sie auf dem Stuhl liegen.
Rasch ziehe ich mir auch den BH aus, nehme seine Hand und lege sie mir auf den Körper.
Er kann nur noch mühsam einen unbeteiligten Ton bewahren.
Ich streife die Schuhe ab, dann Strümpfe und Jeans. Dann den Slip.
Ich gehe ins Schlafzimmer. Er lässt mich nicht aus den Augen. Ich lege mich aufs Bett, mitten auf seine Kleider. Er hatte noch keine Zeit, alle Umzugskartons auszupacken.
Er wendet kurz den Blick von mir ab.
Sie verhandeln über die Gage für einen Gig, der nächste Woche stattfinden soll.

Ich streichele mich. Ich habe Gänsehaut. Bisschen frisch hier.

Er ist mir nachgekommen und bleibt ein paar Meter entfernt stehen. Nun sieht er zu Boden, während am anderen Ende der Leitung eine Stimme weiter in den Hörer krächzt.

Ich entdecke ein Päckchen Marlboro. Seine Marke. Ich nehme mir eine. Drehe sie zwischen den Fingern.
Los, sieh mich an. Lass dich eine Minute ablenken.
Er starrt mich an, während er zu der Stimme ja sagt.
Ich spreize meine Schamlippen. Lächele ihn an. Stecke den Filter der Zigarette hinein.
Ich tauche ihn ein. Er tritt zur Seite, um mich besser beobachten zu können.

Ich drehe sie.
Tränke sie mit einem Film meines Schleims. Um auf den Geschmack zu kommen.
Dann stecke ich die Zigarette zurück zu den anderen in die Schachtel. Schließe sie.
Er lächelt. Am anderen Ende wird etwas gesagt.
»In Ordnung. Einverstanden. Wir hören uns morgen. Ich spreche mit Cesare. Ciao. Okay. Ciao.«
Endlich legt er auf. Dann wirft er sich auf mich. Beißt mich. Drückt mich.
»Meine Schöne. Du bist schön! So schön, wunderschön!«
Er ist guter Dinge. Dann öffnet er das Päckchen.
Ich muss lachen.
»Nein. Das glaube ich nicht. Hast du das wirklich getan?«
»Hm-m!«
»Hm-m! Hm-m?«
Er fängt an, mich zu kitzeln. Beißt wieder. Knetet meine Brüste und saugt an den Brustwarzen, beknabbert sie

mit den Zähnen. Unser Lachen verwandelt sich schnell in Stöhnen.
Er beugt sich hinunter und badet sein Gesicht in mir. Wenn es mir gefällt, schließe ich die Augen, und alle Umrisse und die Zimmerdecke verschwimmen und lösen sich auf.

Er zieht sich aus. Schiebt mir seine Zunge tief in den Mund.
Er hat die schönste Haut, die ich kenne. Die ich jemals gespürt habe.
Er lässt mir Speichel in den Mund fließen und küsst mich.
Er liebt es, die Geschmäcke zu vermischen.
Die Geschmäcke der Leute. Seinen mit meinem.
Dann winkelt er meine Beine an, schiebt sie sich auf die Schultern und dringt in mich ein.
Er legt mir die Arme um den Rücken, fasst mit flachen Händen meine Schultern und drückt sie nach unten. Nun stecke ich unter ihm fest. Mit seinen Stößen walkt er mich durch, ganz nach Belieben.
Je heftiger er zustößt, umso schöner. Nach kurzer Zeit bekomme ich Krämpfe. Ich bitte ihn, meine Beine herunterzulassen.

Er setzt mich auf sich drauf.
Er ist müde. Und schön.

Von draußen dringen kaum Laute herein. Der Motor eines Autos brummt.
Um diese Uhrzeit wahrscheinlich irgendwelche Nachbarn, die von der Arbeit kommen. Die Leute sind wohl größtenteils bei den umliegenden Fabriken beschäftigt. Man hört auch spielende Kinder.
Jemand ruft nach ihnen.
Stell dir vor, dass sie groß sind und keine anderen Spiele

mehr im Kopf haben als diejenigen, die wir gerade treiben.

Wir reden nicht. Ich streichele ihn. Die kurzen Haare stehen ihm gut.
Der Ohrring auch. Er hat ein unregelmäßiges Gesicht. Ist unrasiert. Umso besser.
Mit einem Mann, dessen Bart pikst, ist es lustiger.

Ich bin langsamer als er mit den Dingen. Ich mag es, ihn ganz zu spüren, das Eindringen zu verlangsamen und jeden Zentimeter seiner Haut zu genießen. Wie sein Atem sich verändert, wenn ich mich auf ihn herabsenke. Wann es ihm am besten gefällt.

Auf einmal zieht er das Tempo an. Ich stütze mich auf die Knie. Er hält meine Brüste in den Händen.

Er versetzt mir präzise Stöße, einen nach dem anderen. Nein. Ich will nicht, dass du kommst. Zu früh. Warte. Mit mir musst du lernen zu warten.

Ich steige von ihm herunter und lege mich auf ihn.
»Zwei Minuten.«
Zwei Minuten Pause. Wir schöpfen Atem. Wir haben es nicht eilig. Ich will es nicht eilig haben.
Er streichelt meinen Rücken. Sieht mich an. Hin und wieder sagt er etwas zu mir. Letztes Mal hat er plötzlich angefangen, ein Lied zu singen.
So etwas in der Art »Jetzt weißt du alles von dem Mann hier vor dir«.
Ich kenne nicht einmal deinen Nachnamen.
Er streicht meinen Rücken um die Wirbelsäule herum glatt. Sucht die Übergänge zwischen Muskeln und Knochen. Verfolgt sie bis hinauf zu den Schulterblättern. Dann

wandert er mit der flachen Hand tiefer und versetzt mir einen leichten Klaps auf den Hintern.
»Es gefällt mir, wenn du das machst.«
»Ja?«
»Ja.«
Also verpasst er mir noch einen wohlgesetzten Schlag. Er glaubt, ich scherze.
Nein, wirklich. Das ist kein Witz. Ich mag das tatsächlich. Ich habe es ausprobiert.
Eine unkontrollierbare Lust steigt in mir auf. Ich weiß nicht, wieso.
Es ist eine Art Ruf zur Unterwerfung. Wenn du damit anfängst, musst du es auch zu Ende führen. Musst du alles tun. Ich habe es getan und weiß, was ich will. Wenn das dein Wunsch ist, einverstanden, aber mach es gefälligst richtig.
»Fester.«
Er gehorcht. Das gestehe ich dir nur dieses eine Mal zu. Vom nächsten Mal an musst du diese Kleinigkeiten selbst im Griff haben.
Er schlägt mich wieder und sieht mich ernst an. Ich starre zurück. Kein Witz, verstehst du? Kein Witz.
Ich mag das.
»Mehr.«
Steck mir einen Finger in die Spalte, und du wirst sehen, dass ich die Wahrheit sage.
Er liegt jetzt hinter mir. Tut, was ich verlange. Erfüllt mit einer gewissen Überzeugung das, worum ich ihn gebeten habe. Auch wenn er mir den Hintern versohlt, findet er einen bestimmten Rhythmus.
Er hat den Rhythmus einfach im Blut.
Wenn er kein so verflucht wohlerzogener Typ wäre, hätte er längst begonnen, mich als Hure zu beschimpfen. Schade, dass er es nicht tut.
Auch er ist jetzt erregt. Ziemlich. Er nimmt mich von hinten.

Es ist schön, es so zu tun. Meine Haut ist scharlachrot. Ich wette, bei jedem Stoß zeichnen sich für den Bruchteil einer Sekunde seine Finger ab.

Es ist, als kehre man zurück. Zu den Anfängen der Zeit. Nimm ein wenig Spießbürgertum weg, und übrig bleibt der schmutzigste Teil vom Sex. Der rein körperliche. Wie bei den Tieren.
Es ist absolut nicht schlecht, es so zu tun, oder?

Ich glaube, er kommt gleich. So wie er atmet, ist er kurz davor, zu kommen.
Los. Ich will beobachten, wie du explodierst. Dreh mich um, sieh mich mit aufgerissenen Augen an und sage mir, dass du kommst. Er tut es. Tut es gleich. Kommt gleich.

Es klingelt an der Tür. Ich höre nicht auf. Es ist, als täten wir es beim Gongschlag, bevor die letzte Frist abläuft.
Er schreit. Spritzt seine Seele heraus. Sie ergießt sich fast zornig über mich.

Du hast noch nie eine Frau geschlagen, stimmt's?

An der Tür klingelt es immer noch. Wir waren nicht gerade leise. Zumindest ist klar, dass jemand zu Hause ist.
Wir hören auf. Draußen ruft eine Stimme nach ihm. Er antwortet sofort mit: »Keiner da.«
Die Stimme erwidert, er solle kein Arschloch sein und endlich die Scheißtür aufmachen.
Da erst schenkt Ale der Sturm klingelnden und klopfenden Hand eine Identität: »Stena!«
Und springt unter der Decke hervor.
Das mit der Refraktärzeit muss mir noch einmal jemand erklären. Ich bekomme jedenfalls mehr und mehr den Eindruck, dass es eine reine Frage der Trägheit ist.

Ale geht aufmachen. Zuerst höre ich schallendes Gelächter. Dann tuscheln sie miteinander.
Als er zurückkommt, bleibt er auf der Türschwelle stehen. Versucht erneut, ein wenig Ordnung zu schaffen.
Auch dein Privatleben ist ein einziges Durcheinander, nicht nur deine Wohnung.
Er ist verlegen.
Ich komme ihm zuvor.
»Na, dann stell ihn mir wenigstens vor.«
Er lächelt.
Es wäre sinnlos, ihm den Tag zu verderben. Außerdem will ich wissen, ob er den Mut hat, mich abzuweisen, wenn ich bei ihm anklopfe und ihn um den mir zustehenden Orgasmus bitte.
Ich bin Miss Verständnisvoll, o ja.
Er lächelt mir zu und bedeutet ihm hereinzukommen. Ich weiß, dass sein Freund in seinem Alter ist.
Er hat mir hundertmal von ihm erzählt. Ich wusste nicht, dass er zurück ist. Und er, glaube ich, auch nicht.

Stena ist braun gebrannt. Er hat lange, hinten zusammengebundene Dreadlocks. Ein Rastafari, wie er im Buche steht, mit Bärtchen und Inselphlegma.
Auch er ist verlegen. Sie sind nicht umsonst befreundet.

»Ciao.«
»Valentina, freut mich.«
Ich strecke eine Hand unter der Decke hervor. Er kommt heran und drückt sie.
Zwischenzeitlich habe ich mir das Sperma abgewischt. Ich trage einen flüssigen Pyjama aus Ale, der an mir ausbleicht, wie angegossen sitzt, an meiner Haut klebt und auf meinen Poren eintrocknet.
»Entschuldige bitte, ich wollte nicht …«
»Egal, wir haben ja noch heute Abend.«

Klar. Heute Nacht schlafe ich hier. Und ich schwöre dir, er wird mich stundenlang lecken, damit ich ihm diesen Fauxpas verzeihe. Obwohl er nicht damit rechnen konnte, muss er mir dankbar sein. Eine feste Freundin hätte ihn längst massakriert.

»Setz dich doch!«
»Nein, ich kann …«
»Komm schon, lass dich nicht lange bitten. Ich werf mir nur schnell was über.«
Ich stehe auf und ziehe ein Laken hinter mir her.
Ich hebe meine Sachen vom Boden auf, schließe mich im Bad ein, während sie sich begrüßen und sich leise über meinen Hintern und meine Qualitäten im Bett unterhalten.

– – – – – – –

Abendessen, Zigaretten, ein paar Bier. Nun liegen wir ausgestreckt auf dem Bett. Alle drei.
Es ist nett, mit ihnen zu plaudern. Lustig. Ich weiß nicht mehr, wie viel wir getrunken haben.
Wir lachen andauernd.
Sie erzählen mir von den Sachen, die sie gemacht haben. Von den Studios in Port Antonio, wo sie ihre CDs aufnehmen. Stena ist Produzent. Er wohnt dort und hat nicht vor, zurückzukehren.
Ale zieht ihn damit auf, erzählt, wie sie in Kingston einen Mietwagen abholen mussten und wie Stena gar nicht dorthin wollte, und jetzt sieh ihn dir an.
Sie tauschen Blicke. Insiderwitze. Dinge, die nur sie verstehen. Rauchen.
Es ist schön, wenn sie über Frauen reden, Frauen, die sie beide kannten. Über jene, die Ale immer noch anrufen und sagen, sie seien schwanger von ihm, obwohl er seit ein-

einhalb Jahren zurück ist. Sie tauschen Gesten des Einverständnisses.
Zwischen Frauen findet man diese Komplizenschaft nur selten. Sie tauschen weniger Neuigkeiten aus, weniger Vertraulichkeiten, schon gar nicht über sexuelle Details. Ihre Beziehung läuft mehr über die emotionale Schiene. Es passiert extrem selten, dass über einen Fick gelacht wird oder über ein missglücktes Date.
Die beiden hier hingegen wissen eine Menge voneinander, der eine wie der andere. Ich wette, er kennt auch ein paar Details über mich. Ich und Ale habe es schon häufiger getrieben.
Und Stena scheint einiges zu wissen.
Was ich so schreibe. Was ich so mag.

– – – – – – –

»Valentina … Schöner Name.«
Stena bläst eine Rauchwolke aus. Macht eine lange Pause.

Ja. Sehr schöner Name. Er klingt gut. Ein Name, der gleich mit gespreizten Beinen anfängt. Eine schönes, weit geöffnetes V. Als warte es nur mit angewinkelten Beinen darauf, dass du eindringst.
Ich glaube fest daran, dass der Name das Schicksal einer Person beeinflusst.
Mein V als Initiale ist Programm. Ein unanständiger Buchstabe. Geöffnet. Kein anderer im Alphabet ist so. Nur meiner.
Ein solcher Name gehört verboten.
Valentina.
Neun Buchstaben, die absolut harmlos klingen.
Bei seiner Aussprache beißt man sich zuerst leicht auf die Unterlippe und öffnet dann beim ersten Vokal den Mund.

Dann reibt die Zunge sich an den Zähnen, streicht darüber, tanzt durch die Höhle, zieht sich weich und schmachtend über den Gaumen zurück, taucht ein in den Speichel, schüttelt sich, während die Lippen weiter geöffnet bleiben müssen, damit der Ton herauskommt.
Am Ende dann das A, und dann stehst du da mit offenem Mund, der offenbar nur darauf wartet, gefüllt zu werden.

Ich habe einen vulgären Namen. Das Vorspiel zu der Frau, die ich bin.

Ale dreht sich um und küsst mich. Keine Ahnung, warum. Jedenfalls ist es keine dieser gedankenverlorenen Aktionen, kein spontaner Anfall von Zärtlichkeit, wie sie ihn manchmal überkommen.
Das ist genau einer dieser Küsse, die ankündigen, dass er Sex will.
Keine Ahnung, wie Stena sich fühlt.
Ich weiß nie, wie andere sich in solchen Situationen fühlen.
»Küss ihn.«
Er flüstert es mir zu und sieht mich dabei fest an, seiner Sache sicher. Ich tue es.
Ich drehe mich zu seinem Freund um. Er ist nicht überrascht. Kein bisschen.
Er lässt mich meine Zunge auf seine legen und schiebt mir dabei eine Hand auf die Hüfte.
Er drückt ganz sanft, ohne zu drängen.
Ale sieht uns zu. Ich beuge mich zu ihm hinüber. Er lächelt. Er hat wunderschöne Augen.
Ich küsse auch ihn. Ich trage den Geschmack des einen in den Mund des anderen.
Ale zieht sich zuerst aus. Er ergreift bei allem die Initiative.
Er zieht mir den Pulli aus. Setzt sich hinter mich.

Zärtlich küsst er mir den Hals, die Schulterblätter. Umfasst meinen Busen.
Ich knie mich über Stena, während Ale mir mit der Zunge über den Rücken fährt.
Er zieht mir alles aus, während ich seinem Freund langsam das Hemd aufknöpfe, der mich die ganze Zeit anstarrt.
Ich küsse seine Brust. Er schmeckt nach Sand und Salz. Er hat eine schöne Bräunung.
Vielleicht liegt er tagelang in der Sonne von Port Antonio.
Ich könnte das nicht. Ich brauche ein anstrengendes Leben. Eines, in dem die Dinge nie so laufen, wie ich will.
Was tust du, wenn du alles sofort bekommst? Wenn immer alles glattläuft? Ist es nicht erschreckend, im Paradies zu leben?
Für mich wäre es der Horror. Ich kann das immer nur für kurze Zeit.
Ich brauche langweilige Sonntage. Regen. Erkältungen. Schlecht laufende Beziehungen.
Was hätte man sonst zu erzählen? Wenn alles funktioniert.
Glück erzählt keine Geschichte. Irgendetwas muss schief laufen.
Heute bist du meine schiefgelaufende Sache.

Ich knöpfe Stenas Jeans auf.
Dann legen wir los.
Ich und Ale bewegen uns quasi synchron.
Als er mit der Zunge über mein Loch fährt, senke ich mein Gesicht auf Stenas Geschlecht hinab.
Ich nehme den Rhythmus auf, den ich fühle. Den er mir vorgibt.
Ich lasse mir das Geschlecht seines Freundes langsam über den Gaumen gleiten, umfasse die obere Hälfte mit den Lippen. Meine Zunge bewegt sich langsam. Ich gebe ihm

ausreichend Bewegungsspielraum und verteile in jede Ritze Speichel.
Er hat die beste Sicht von allen. Er liegt still da und genießt. Ich sehe ihn an, als ich mit dem Kopf höher wandere. In seiner Art ist er weniger strahlend als Ale. Weniger vulkanisch. Viel langsamer. Das wird ihn das Leben dort unten gelehrt haben. Ab und zu lehnt er den Kopf an die Wand. Er atmet aus. Dann mustert er mich wieder.
Seine Handflächen liegen auf seinen Beinen.
Im Gegensatz zu Ale kaut er keine Fingernägel.
Als ich einen Moment zu lange seine Haut lecke, legt er mir eine Hand auf den Nacken und drückt mich leicht nach unten, damit ich mich wieder über ihn stülpe.

Lass mich kurz durchatmen. Es ist nicht leicht, mit vollem Mund zu atmen, während hinten ein Mann mit der Zunge deine Säfte in Aufruhr bringt.
Ale leckt mich, wo er nur kann. Wo er hinkommt. Er presst sich dorthin, wo er Platz findet.
Ich bin völlig nass. Ich keuche immer heftiger.

Dein Freund genießt es in vollen Zügen, Ale.
Und du?

Ich drehe mich um. Will ihn sehen.
Ich will dir ins Gesicht blicken, während ich den Schwanz deines Freundes in der Hand halte.

Ale schiebt sich über mich. Reibt mir den Rücken.
Ich fühle, wie sein Geschlecht sich in die Nässe meiner Spalte schmiegt.
Es ist unbequem, ihn so zu küssen, aber ich schaffe es.
Bewirkt das etwa nichts bei dir? Eben noch hatte ich deinen Freund im Mund.
Mein Speichel trägt seinen Geschmack.

Was fühlst du?
Gefällt dir das?

Als er sich von mir löst, dringt er mit einem entschiedenen Stoß in mich ein. Dann noch einmal. Ich kann nicht anders als aufzustöhnen. Ale schiebt mich über Stena. Er drückt mich entschlossener hinunter, als er selbst es vorhin getan hat.

Mach langsam, er ist zu groß für meinen Mund.

Wir schwitzen. Viel. Vor allem Ale.
Dann steht er auf. Er hebt meinen Hintern hoch in die Luft.
Er leckt mich noch einmal, bevor er in mich eindringt, auf die Knie gestützt, und mit den Fingerkuppen meinen Hintern bearbeitet.

Macht mit mir, was ihr wollt. Alles, was euch einfällt.

Ale zieht sich zurück und wischt mit dem Laken die Tropfen ab, die ihm über den Körper rinnen.
Er starrt uns an.
»Komm her.«
Stena sieht nur mich, führt mich mit seiner Stimme und seinen Händen.
Er hebt mich auf und lässt mich langsam auf sein Geschlecht sinken. Seine breite Spitze dringt vor. Er hält mich an den Schultern fest und stößt mit voller Wucht zu.

Er drückt mich an sich, mit geschlossenen Augen.
Ich will sehen, wo Ale ist.
Was er tut.
Ich lege die Handflächen auf seine Brust und stemme mich dagegen.

»Langsam.«
Mach langsam.
Ihr müsst lernen, euch Zeit zu lassen. Ich will alles spüren, alles.
Ich schiebe seine Knie nach unten. Gebe deinen Rhythmus vor. Er hört auf.
Mit wippendem Hintern reite ich auf ihm.
Ich bin schön so. Ich bin unglaublich schön, stimmt's, Ale?

Ja. Er sieht mich an. Und er denkt es. Ich genieße jeden Zentimeter von Stena.
Ich stöhne. Strecke meine Hand nach Ale aus. Er kommt heran.
Er lässt sich meinen Geschmack von der Eichel lecken.
Mittlerweile ist Stenas Geschlecht gewachsen. Es ist noch härter, obwohl ich genauso weitermache wie zuvor. Es gefällt beiden großartig.
Ich blicke Stena ins Gesicht, während ich mit der Zunge langsam Ales gesamte Länge nachfahre.

Ich bin schön, hm?

Ale löst sich. Tritt wieder hinter mich.

»Beug dich nach vorn.«

Was hast du vor?

»Ich bin vorsichtig.«
Flüstert er.
Dann löst er sich.
Er lässt Speichel auf mein freies Loch tropfen, während Stena kurz in mir innehält.
Er schiebt meine Pobacken auseinander. Massiert mich

von außen mit dem Daumen. Dann sagt er wieder: »Ich bin vorsichtig«, und legt sich darauf.
Da passt du nie hinein. Ich habe Angst. Das weißt du. Normalerweise lasse ich ihn das nicht machen. Ich bin eng.

Er stemmt sich gegen mich.

»Gut so.«

Es tut weh.

Stena rührt sich nicht.

»Gut so.«
Er flüstert es mir immer wieder zu.
Ich muss mich entspannen, sonst tut es gleich noch mehr weh.

Er schmiert noch ein bisschen Speichel hinzu.

»Gut so. Es geht.«

Er tastet sich mit der Spitze vor.

»So.«

Ich lasse ihn eindringen.

Ich darf mich nicht verschließen.
Bei der geringsten Bewegung flutscht einer der beiden aus mir heraus.

Es tut weh, obwohl er vorsichtig ist.
Es gibt eine Art Schwelle zu überwinden. Eine Empfindlichkeitsschwelle, hinter der sich alles in Lust verwandelt.

Ich weiß das. Ich habe es ein paarmal ausprobiert und weiß, wie es bei mir funktioniert.
Doch um diesen Punkt zu erreichen, muss ich einen Schmerz ertragen, der mich schier zerreißt.

Stena gleitet ein bisschen aus mir heraus. Nur ein kleines bisschen.
Auf einmal kommt ihm die Idee, mir seine Zunge in den Mund zu schieben und meine Brüste zu kneten.
Dann geschieht alles auf einmal.
Mein Körper gibt seinen Widerstand auf.
Ale rutscht hinein und passt.
Gefühl pur. Allumfassende Lust. Ich kann nur noch mich hören, meine Atemzüge, meine Lust. Sie bewegen sich zuerst vorsichtig, dann immer schneller.
Wir laufen unerklärlich synchron.
Ich weiß nicht, wie lange das so geht. Ich bekomme es nicht mehr mit. Ich weiß nichts mehr.
Nur, dass mehr als so nicht geht. Dass ich mehr nicht schaffe.
Es ist schöner als alles. Ich bin ganz. Ich bin voll. Fertig. Gesättigt bis oben.
Geschlossen.

Plötzlich zieht Ale sich heraus und kommt. Auf mir. Auf meinen Rücken. Er liegt schwer auf meinen Schulterblättern. Atmet auf mir.
Nach einer Weile rollt er sich hinunter.

Bleibt neben uns liegen, während wir weitermachen.

Ich weiß nicht, was genau mit meiner Haut passiert. Mit den Spalten.
Ich weiß es nicht, aber ich glaube, alles wird wieder wie zuvor. Wie Mollusken, die sich zusammenziehen.

Die Öffnungen schrumpfen auf Normalmaß. Werden wieder zu Ösen wie vorher.
Dennoch habe ich das Gefühl, ganz geweitet zu sein.
Ich berühre mich nicht. Die Vorstellung, ein Schlund zu sein, erschreckt mich.
Etwas hinter mir zu haben, was ich nicht sehen und messen kann, beunruhigt mich.

Stena legt mich auf den Rücken und versenkt sich in mich. Seine Haare haben sich gelöst. Die verfilzten Tentakel streichen langsam über meinem Busen auf und ab. Über meinem Hals.

Er sieht mich an. Sagt nichts. Unnötig. Was wir tun, reicht völlig aus. Immerhin sieht er mich an. Er lässt mich keinen Moment aus den Augen, auch nicht, als er hinausschlüpft, sich auf meinem Bauch reibt und kommt. Er schließt sie erst wieder, als ihm ein Schauer den Rücken durchdrückt. Ein Krampf lässt die Flüssigkeit aus seinem Unterleib schießen. Noch ein letzter Tropfen, dann ist Schluss.
Nun ist wirklich Schluss. Er öffnet die Augen.

Löst sich von mir.
Bleibt bäuchlings liegen.

Sein Kopf verschwindet zwischen den Kissen, eine Medusa mit struppigem Haar, die auf dem Laken an Land gezogen wurde. Wer weiß, seit wann er es nicht mehr geschnitten hat.

Wir schweigen eine Weile.

Ale steht auf und geht ans Fenster. Macht es auf. Zieht eine Marlboro aus seinem Päckchen und zündet sie an.
Er sieht mich an.

»Schmeckt irgendwie komisch, die Zigarette …«
Wir prusten los.
Ich lasse mich einen endlosen Moment lang anschauen.
Stena ist eingeschlafen.
Ale raucht zu Ende und kommt näher.
Er legt seinen Kopf auf meinen Bauch.
Ich habe jetzt keine Lust. Ich bedeute ihm nein.
Ich weiß, dass du es gerne tun würdest, aber ich bin wirklich am Ende.
Ich streiche ihm übers Haar und stehe auf.

Ich gehe ins Bad.
Mein Gesicht wirkt mitgenommen. Ein Netz aus feinen Linien durchzieht es, weshalb es immer mehr dem meiner Mutter gleicht. Mein Gesicht betrügt mich und verwandelt sich in ihres.
Die Poren. Der Flaum auf der Oberlippe. Das Kinn. Aber sie hat nie etwas Derartiges getan. Nichts von alldem. Die Schuld an meinem Gesicht gibt sie immer der Zeit. Dem Stress.

Ich werde wie sie, bloß schöner, hoffe ich.

Sex hat diese Wirkung auf mich. Ich mag es, wie er meinen Ausdruck verdirbt. Wie er mich altern lässt. Er hat meine Augen verändert.
Er hat mir eine bittere Falte seitlich des Mundes gezeichnet, wenn ich ernst bin. Er hat meine Lippen weich gemacht. Elastisch. Er wird meine Brüste welken lassen. Ich habe beschlossen, mich oft anfassen zu lassen. Mich mit Sex an der Zeit zu rächen.
Viel Sex. Ich habe beschlossen, zwischen den Laken schön zu bleiben.
Ich möchte so interessant werden, dass mein Körper in den Augen des Betrachters keine Rolle mehr spielt.

Die Männer werden mit dem Teil von mir Sex haben wollen, den niemand berühren kann.
So werde ich niemals altern. Auch wenn ich eines Tages ein Gesicht haben werde wie eine Schuhsohle. Wenn ich nur noch aus Runzeln bestehe. Ich habe keine Angst. In zwanzig Jahren bin ich ein Wunder.
Ich werde viel mehr wissen als jetzt. Die Liebe und das Sperma werden mich schön halten. Das weiß ich. Viel schöner als jetzt.

Ich wäre gerne älter.

Ich habe meine Tasche hier gelassen. Hole mein Handy heraus. Niemand hat angerufen.
Ich wähle NEUE NACHRICHT im Menü. Schreibe nichts hinein. Adressat ist Rom.
Tja. Stimmt zwar nicht, dass ich gerade eben gekommen bin. Aber ich möchte dir doch zumindest einen Orgasmus zum Ende des Tages widmen. Einen ehrlicheren als heute Morgen. Das ist mein Geschenk an dich.
Später, wenn ich es tatsächlich tue, werde ich zu müde sein, um es dir zu schreiben.

Ich habe beschlossen, dass du ein Teil meines Lebens bist. Einer der Männer, die meinen Ausdruck mit schönen Falten bereichern werden. Komm bald zurück.
Drüben ist alles still. Sie sind wohl eingeschlafen.

SENDEN.

Was du brauchst
Einen Fotoapparat (auch eine Einmalkamera)
Eine Tageszeitung
Eine Uhr

Dieses Mal habe ich mich entschlossen, den schmutzigen Job zu erledigen. Weswegen du mich immer zu schreiben bittest. Immer weiterzumachen.
Keine Handlung. Keine Ausschmückungen. Nichts, was die Frage aufwirft, ob das, was du liest, wahr ist oder nicht.
Dieses Mal habe ich es wirklich getan. Alles ist wahr. Ich und du. Jetzt. Allein.
Zeile für Zeile. Wort für Wort.
Willst du mit mir spielen? Genau. Es ist ein Spiel.
Die Regeln sind einfach. Ich stelle die Bedingungen.
Ich mache die Vorgaben, du führst sie aus.
Möchtest du? Tun wir es? Es ist ganz leicht. Aber entweder du spielst oder du spielst nicht.
Wenn du dich dagegen entscheidest, dann hör hier auf.
Ich erpresse dich nicht. Aber so funktioniert es nun mal, seit je. Mach nicht weiter, wenn du nicht wirklich willst.

– – – – – – –

Ich will, dass du dich an die Regeln hältst.

Fang nicht an, bevor du nicht alles hast, worum ich dich gebeten habe. Es funktioniert nur, wenn beide mitspielen. Meine Rolle habe ich schon eingenommen.
Wenn ich bis zum Ende gelange und alles schreibe, was mir durch den Kopf geht, werde ich einiges getan haben.
Mal bin ich dran und mal du. Für jeden wird der Moment kommen, unten zu liegen.
Ich sage dir, wann du an der Reihe bist.
Alles, was ich von dir erwarte, ist, dass du aufrichtig bist.
Wenn dir etwas fehlt, warte.
Es wird einfach, viel einfacher, als du glaubst. Ich möchte nur, dass du alles hast, was du brauchst.
Wenn du keine Zeitung hast und der Kiosk geschlossen ist, warte, bis er wieder öffnet. Wenn du etwas nicht findest, leihe es dir. Nur der Fotoapparat sollte lieber dein eigener sein.
Wenn du keinen ruhigen Ort ausmachen kannst, warte, bis du wieder zu Hause bist.
Auch wenn bis dahin Monate vergehen sollten.

Mir ist das nur recht. Ich kann warten.

Verschiebe die Lektüre, wenn du musst. Besorge dir alles. Hast du alles?

Dann fangen wir an.

– – – – – – –

Ich will, dass du dir einen Ort aussuchst.

Wähle einen Ort, an dem uns niemand stören kann. Die Umstände müssen perfekt sein. Geh dorthin, wo du mich hinbringen möchtest, um mit mir Sex zu haben.
Ich meine damit keinen besonderen Ort. Hauptsache, es ist bequem. Leicht erreichbar.

Ein Ort, wo du mich gerne ein wenig bei dir haben möchtest.

Ganz ruhig. Du musst dich nur entspannen. Ich werde nichts von dir verlangen, was dir unangenehm sein müsste. Oder dich in Gefahr bringt. Ich werde nur verlangen, dass du mir folgst.
Tu einfach, was ich dir sage, so als wäre ich da.

Ich will, dass du dich hinlegst. Dich entspannst.

Ich liege gerne unten. So ist der Körperkontakt noch schöner. Alles ist leichter.
Wenn du willst, können wir es auch draußen machen. Oder in einem dunklen Winkel, wenn du dich dann besser fühlst.
Entscheide du.
Hauptsache, es kommt niemand herein. Ich habe es schon immer gehasst, nackt überrascht zu werden.
Beobachtet zu werden, auch unbemerkt, wenn beide einverstanden sind, das ja. Aber nicht aus heiterem Himmel. Man kann nie wissen, wer hereinkommt. Und mit welchen Absichten.
Wer dir zusieht, tut nichts. Es sei denn, er beginnt behutsam, sich an dem Spiel zu beteiligen.
Wenn du so weit bist, es bequem hast, sobald du entschieden hast, dass dies der ideale Platz für uns ist, warte.

Ich will, dass du nun den Fotoapparat bereithältst.

Er ist der einzige Gegenstand, das einzig Materielle, mit dem wir arbeiten werden. Ist mir egal, wenn du normalerweise nicht fotografierst.
Einmal kannst du eine Ausnahme machen.
Halte ihn bereit.

Wenn es eine Einmalkamera ist, nimm sie aus der Verpackung.

Du weißt, was wir tun werden, stimmt's? Ich und du, wir werden jetzt Sex haben.
In Kürze wirst du nach Diktat vögeln.

Du hast richtig verstanden.
Wir haben Sex.
Das ist es doch, oder? Das willst du doch. Das erwartest du doch, wenn ich mich zum Schreiben hinsetze. Das ist es, was du suchst. Du träumst von einer Frau, die dich zum Kommen bringt, ohne dich zu berühren.
Die dir sagt, was sie will. Wovon sie träumt.
Du willst ein unanständiges Mädchen, das dich um den Verstand bringt. Das dir die Dinge so erzählt, wie du sie hören willst.
Ist es nicht so?
Sonst würdest du dir eine Zeitschrift mit entsprechenden Bildern besorgen, stattdessen bist du hier und tust schmutzige Dinge. Gefällt dir dieses Vokabular? Schmutzige Dinge.
Meine Mutter hat immer gesagt: »Tu niemals schlimme Dinge.«
Ist das nicht phantastisch?
Wir machen jetzt genau die Dinge, die man nicht tun soll.
Schlimme Dinge.
Über die man nicht spricht.
Du steckst in der Klemme: Du tust das, was ich will. Nur weil ich schreibe. Die Macht der Perversion.
Das gefällt dir. Gib auf. Ergib dich mir.
Mal sehen, ob du genug Mut besitzt, um bis zum Äußersten zu gehen.
Ich habe ihn.

Sag mal, tut es dir leid, dass ich nicht bei dir bin? Vielleicht gar nicht mal so sehr, stimmt's?
Wenn ich da wäre, würde ich nämlich nicht so viel reden.
Du hast keine Ahnung, was ich mir alles vorstellen kann, während ich schweige.
Pech, dass du mich nicht willst. Pech für dich, dass du so genügsam bist. Ich habe eine samtweiche Haut.
Einen perfekten Körper. Es ist schön, ihn in Bewegung zu sehen. Mich atmen zu hören.
Also abgemacht: Du stellst mich dir attraktiver vor, als ich bin.

Jetzt will ich, dass du das erste Foto machst.

Tu es.
Ich will das Titelblatt der Tageszeitung. Diesen Moment will ich zur Geisel nehmen.
Ich will deine Beschämung festhalten.
Zeige sie mir.
Ich will sehen, welchen Tag du gewählt hast. Welchen Moment deines Lebens.
Unter den vielen Dingen, die passieren, hast du mich gewählt. Hast du das hier gewählt.
Diesen einen Moment.
Drück ab.
Der einzige Weg, ihn festzuhalten. Ihn mir zu zeigen. Ich will es wissen.
Ich will zusehen.

Hast du? Mach noch eins, dann sind wir sicher, dass die Kamera funktioniert.
Als Nächstes richte den Sucher auf die Uhr. Ich bin pedantisch. Ich will sogar die Uhrzeit wissen.

Jetzt will ich, dass du den Apparat neben dich legst.

So, dass er dich nicht stört.
Dort. Leg ihn dorthin. Wir brauchen ihn erst am Ende wieder. Mach es dir bequem.

Nun will ich, dass du dir die Kleider lockerst.

Knöpf dir das Hemd auf. Trägst du einen hochgeschlossenen Pullover, dann zieh ihn lieber aus.
Lockere den Gürtel. Die Knöpfe. Ich will dir alles leicht ausziehen können.
Die Vorstellungskraft hat weniger Muskeln als deine Hände.
Du musst mir die Sache erleichtern, sonst kann ich mich nicht zwischen dich und die Kleider schieben.

Ich stelle dich mir liegend vor. Oder an die Wand gelehnt. Die Beine locker geöffnet.
In einer Hand hältst du die Blätter. Die andere hast du wie ein Kissen hinter den Kopf gelegt.
Warte noch, bevor du dich weiter ausziehst. Ich will dir die Sachen später abstreifen. Gemächlich.
Ich will meine Hände darauflegen. Sie unter den Stoff kriechen lassen. Dann ist es schöner.
Ich habe mein Telefon abgestellt. Und ich möchte, dass du das Gleiche tust.

Jetzt will ich, dass du an mich denkst.

Ich liege auf dem Sofa in meiner Wohnung. Ein Ort, den du niemals sehen wirst. Mein Lieblingsort.
Meine Hundehütte. Mein Nest. Meine Ecke. Mein Platz ist hier, auf den letzten beiden Kissen auf der linken Seite. Unter dem Fenster.

Ich habe nichts Besonderes an.
Zu Hause mache ich das immer so. Ich ziehe mich nie anders an. Vor allem nicht, wenn ich schreibe.
Diese verschlissene Hose könnte dir vielleicht missfallen. Wie auch der ausgeleierte Pulli darüber. Er hat die Farbe meiner Haut. Und er ist voller Flecken von dem, was ich tue, wenn ich hier lebe. Zeichen eines Alltagslebens, das du nicht kennst und das wir niemals miteinander teilen werden. Gewisse Sachen werden wir eben nie voneinander erfahren.
Ich kenne keine Dummheiten von dir. Laster. Gewohnheiten.
Ob du morgens aus einer großen oder kleinen Tasse trinkst. Ob dir das Nudelwasser überkocht. Ob du zum Bodenwischen alte Lappen benutzt oder einen Wischmopp.
Banalitäten.
Die man als Paar eben voneinander weiß. Ich und du nicht.
Wie magst du deinen Kaffee? Mit oder ohne Zucker? Bist du Vegetarier?
Hast du ein Gruppenfoto von deinen Klassenkameraden? Platten? Alphabetisch geordnet? Oder durcheinander?
Bist du einer von denen, die eine Zahnpastatube bis auf den letzten Rest ausquetschen?
Und wenn ich deine Rasierklinge benutze, wirst du dann sauer? Was denkst du über die Welt?
Wie findest du die Fußball-Nationalmannschaft? Magst du Fisch?
Was werden wir niemals machen?
Denkst du daran?
Wie viele verlorene Treffen, wie viel werden wir uns niemals sagen, wie viele »Guten Morgen«, die wir uns nicht wünschen. Wir werden uns niemals zum Teufel jagen. Wie viele Tage werden wir nicht zusammen beginnen.

Denke an das Leben, das wir nicht miteinander verbringen.
Vollkommen symmetrisch in einem Schicksal, das sich nirgends überschneidet.
Dies hier ist unsere einzige Nahtstelle. Ich und du. Ist dir klar, dass wir nur das haben?

Nur diese unmoralische Geschichte. Was anständige Leute nicht tun.
Es sind schon Menschen für weitaus weniger in die Hölle gekommen, weißt du?

Ich bin barfuß. Ich habe unschöne, flache Hausschuhe, bequem, die ich neben das Sofa habe fallen lassen. Ich bin ungekämmt. Ungeschminkt.
Du wärst meinen Unzulänglichkeiten ausgeliefert. Besser gesagt, du bist es fast unwissentlich.
Aber das macht nichts. Heute habe ich beschlossen, dir die Wahrheit zu sagen.
Und da ist das Schöne nicht unbedingt eingeschlossen.
Wenn du eine Nutte mit hohen Absätzen willst, kannst du sie dir immer noch kaufen gehen.
Wenn du jemand anderen wolltest, kannst du jederzeit aufhören und hinausgehen und dir einen besseren Zeitvertreib suchen. Oder eine Frau, die dich jetzt real auszieht.

Findest du uns normal? Bist du normal, wenn du das mit dir machen lässt?

Ich habe nicht geduscht. Wenn du mich jetzt lecken würdest, schmeckte ich salzig.
Aber ich würde es dich sowieso nicht tun lassen. Ich würde dich zwingen, mich vorher zu waschen. Du weißt, dass ich es reinlich liebe. Schweiß mag ich nur, wenn ich ihn selbst verursacht habe.

Er ist der Beweis meines Sieges. Und deiner Niederlage.

Ich habe eine Fernbedienung neben mir liegen. Der Ton ist ganz leise gestellt.
Ich möchte nicht, dass uns jemand hört, obwohl das kaum möglich ist, da die Fenster geschlossen sind und alle vier Minuten eine Maschine vom Flughafen Malpensa über mich hinwegdonnert.

Ich will, dass du dir jetzt diesen Film mit mir ansiehst.

PLAY.
Als ich das Video anstelle, blinken die LED-Anzeigen des Rekorders auf.
Die Spule quietscht, beginnt sich zu drehen, und der Bildschirm ist sofort voll nackter Haut.
Nicht meine. Ein Video mit meiner Show fehlt mir noch.
Wahrscheinlich würde ich es dir auch nicht zeigen. Du wärst nur eifersüchtig.
Würdest sofort fragen, wer es gedreht hat. Wer der Typ bei mir ist.
Ich habe beschlossen, dass wir meinen Lieblingsfilm anschauen.

Filme sind wie ein Schlachthof ohne Blut. Ohne Besiegte.

Ich spule die Videos niemals zurück. Die Handlung ist mir gleichgültig. Ich springe sofort zu den entscheidenden Szenen. Ich habe soundso viele Filme mit einer Szene nach der anderen. Ich habe sie nachts aufgenommen, auf irgendwelchen Satellitenkanälen.

FFWD.
Ich spule vor.

Die Szenen mit den schwanzlutschenden Frauen überspringe ich immer. Sie langweilen mich.
Außerdem ist das männliche Geschlechtsteil uninteressant.
Die Frauen sind da schon variabler. Ihre Spalten sind unvorhersehbare Gebilde. Wie Blumen: Versuch mal, zwei Blüten zu finden, die völlig identisch sind.
Hier ist es so: Auch die Gerüche sind verschieden. Das kann man mit bloßem Auge erkennen.

FFWD.
Noch weiter.
Ich überspringe die Paare. Die Intros. Das Vorspiel.
Ich komme sofort zum Punkt.

STOP.

Ich will einen Film mit dir ansehen.

Das will ich tun.
Zu zweit ist es besser. Erregender. Ich weiß auch schon, wie du reagieren wirst: Du wirst unentschieden sein.
Jetzt hast du Glück, weil ich dir sowieso vertrauen muss. Ich kann dich nicht sehen.
Aber wenn wir es tun werden, wirst du nicht wissen, ob du mich oder das Video anschauen sollst.
Du wirst wissen wollen, ob ich mehr an dir interessiert bin oder an dem, was ich sehe.
Ich werde abgelenkt sein, das sage ich dir. Und du glücklich.
Denn es ist erregend, eine Frau zu betrachten, die sich einen Pornofilm anguckt. Oder etwa nicht?
Aber du wirst nicht wissen, was du tun sollst.
Durch die Bilder wirst du Lust bekommen, aber du wirst wissen wollen, wie feucht ich bin.

Vielleicht wirst du ein bisschen Angst davor haben, mich anzuekeln, wenn du dorthin und nicht auf mich schaust.

Tun wir es.

Du musst dir auch keine Mühe geben, einen Film zu suchen. Ich bringe alles mit. Ich organisiere alles.
Sämtliche unangenehmen Dinge nehme ich dir ab. Mit wie vielen hast du das getan?
Ja, du hast recht, ich bin ein böses Mädchen. Die Leute werden noch mit dem Finger auf mich zeigen.
Eine, die von den Verlobten der anderen gehasst wird. Ich eigne mich nicht als Ehefrau.

Ich habe alles falsch gemacht.

Ich bin keine für die Küche. Für Kinder. Ich bin auch nicht für normale Beziehungen geeignet. Ich bin nicht treu.

Die Leute haben recht. Sie denken völlig zu recht schlecht von mir.

Schau uns doch nur mal an. Sorry, aber was siehst du vor dir? Wie sollen wir uns nennen? Liebhaber? Liebhaber wovon? Außerdem weiß ich, dass du nicht in mich verliebt bist.

Lass nur. Ich weise mir schon selbst meinen Platz zu.
Ich bin die andere. Die Gegenspielerin. Von der du nicht einmal deinen Freunden erzählst.
Der du heimlich SMS schickst. Der du noch eine Minute vor dem vereinbarten Date absagst: »Wir können uns leider doch nicht sehen.«
Tu diese Sachen mit mir. Ich will dir nur den Schlaf rau-

ben. Und dich die Geduld verlieren lassen, wenn ich mich verspäte.

Ich bin die Störung, die dich nachts mit einer Riesenerektion aus dem Schlaf fahren lässt.

Ich will die Einzige sein, die dich das tun lässt, wofür du nun so daliegst.

Keine Erinnerungsfotos für den Schreibtisch. Keine gemeinsam verbrachten Wochenenden am Meer.

Vergiss das alles. Lass es. Ich und du, uns gibt es nur hierfür.

Was machst du? Hältst du deine Hand noch ruhig?

Ich will, dass du dich anfasst.

Aber gemach.

Ich will, dass du langsam an dir hinunterwanderst. Ich will, dass du zuerst den Flaum spürst, den Ansatz deines Geschlechts.

Ich will, dass du mich spüren lässt, ob deine Haut dort unten gespannt ist. Ich will, dass du alles, was da ist, in der Hand wiegst. Ich möchte da sein. Ich würde gerne sehen, ob du es wirklich machst. Außerdem weißt du, dass ich dich niemals in Ruhe lassen könnte.

Ich würde dich gerne beobachten. Mich hinunterbeugen und mit geschlossenen Lippen die feuchte Spitze deines Schwanzes küssen.

Ich wette, er würde sich sofort ein Stück aufrichten. Würde wedeln

Ich möchte ihn auspacken, ihn Millimeter für Millimeter freilegen. Dann die Hand darum legen, seine Spitze mit der Zunge berühren. Seinen Geschmack testen.

Ihn reizen. Ihn ganz langsam befeuchten.

Und ihn dann ausführlich küssen, mit geöffneten Lippen, wie bei richtigen Küssen.

Filmküssen.

Du sähest nur noch meinen Kopf, der sich auf und ab bewegt. Vielleicht müsstest du sogar die Augen schließen und dich aufbäumen.
Lass mich nur machen.
Das ist etwas, was ich gut kann. Ich bin die Königin des Schwanzlutschens. Ich tauche langsam ein, hebe und senke mich. Hin und wieder sehe ich dich an, lächele dir zu. Ich blicke dir in die Augen, während meine Zunge deine ganze Länge entlangfährt.
Gefällt es dir, wenn ich das tue?

Ich würde dich auch weiter unten lecken, und dann noch weiter unten. Bis ich deine Wärme zwischen den Schenkeln spüre. Ich würde mein Gesicht auf deinem Bein ablegen. Nein, ganz ruhig.
Ich höre nicht auf. Ich werde nicht müde, dich glücklich zu machen.

Dich zu berühren. Zu lecken. Zu beißen. Zu benutzen. Zu schmecken. Zu fühlen. Einzuschmieren. Zu erregen.
Anzufeuchten. Zu bearbeiten. An dir zu riechen. Dich zu verschlingen.
Immer wieder von neuem zu beginnen, in anderer Reihenfolge.
Dann würde ich das T-Shirt ausziehen, das ich anhabe.

Ich will, dass du meine Brüste berührst.

Und zwar fest.
Ich mag das. Bring mich zum Schreien.
Kneife mir in die Brustwarzen. Bis sie rot werden. Prall.
Lege dein Gesicht in die Einbuchtung zwischen meinen Schulterblättern. Ich rieche nach Frau. Beiß mich auch dort.
Schnüffele an mir. Kratze mir über den Rücken.

Presse mich an dich, fest, während ich nicht stillhalte und alles tue, um mich an deinem steifen Geschlecht zu reiben.

Ich habe mir die Hose aufgeknöpft. Ich bin fast ein wenig außer Atem. Du müsstest mein Herz klopfen hören, um mir zu glauben.
Mit rechts schreibe ich. Mit der Linken denke ich an dich.
Die Blätter so festzuhalten ist nicht gerade einfach, aber ich schaffe es irgendwie.

Ich würde lügen, wenn ich sagte, dass alles glattgeht. Dass es leicht ist.

Ich behalte meine Hose an.

Ich will, dass du deine ausziehst.

Zieh alles aus, ich sehe dich gerne nackt.
Ich schiebe die Finger unter den Rand meiner Hose. Ich bin feucht. Wenn du deine Hand hierhin legst, kannst du es spüren.

Ich will, dass du mich berührst.

Schieb deine Finger hinein, während ich dich weiter anfasse.
Schieb sie hinein.
Spürst du es? Spürst du, was allein der Gedanke an dich auslöst? Schieb einen nach dem anderen hinein.
Zuerst den Mittelfinger, dann den Zeigefinger. Aber langsam, sonst tust du mir weh.

Ich fange an zu keuchen.

Geh langsam vor und zurück, lass mich nur machen. Lass mich die Hüften bewegen, während ich dich immer noch anfasse. Wenn du sie jetzt herausholst und probierst, schmecken sie bitter.
Du darfst mich nicht lecken. Ich will nicht, dass du mich heute leckst. Ich will auf dir sitzen, und du blickst mich an.

Ich will, dass du mir ins Gesicht siehst, während ich dich in mich hineingleiten lasse.

Schau mir in die Augen. Schau, was du mit mir anstellst.
Die Haut öffnet sich, und du gleitest hinein. So ist es, eine Möse zu haben: Wenn du eindringst, erscheint es mir wie ein Fausthieb in den Bauch. Allerdings von unten nach oben.
Eine Liebeskolik. Ein Gluckern, das in die falsche Richtung drückt, und der einzige Ausweg ist ein Stöhnen.
So ist es, wenn man eine Möse hat. Wie ein zusätzlicher Sinn, den man nicht benennen kann. Der in Gesprächen nie erwähnt wird. Ein Ort, wo Männer mehr Rechte haben zu schauen als die Frauen selbst.
Ich bin das Stück eines Puzzles, aber ein konkav gewölbtes Randstück. Mit dir zusammen ergebe ich ein perfektes Gebilde. Ohne Hände, ohne Füße berührst du mich im intimsten Winkel meines Selbst.
Ich rücke mich auf der Festung deines Geschlechts zurecht.
Stecke mich fest. Hebe mich an, damit du die Kontrolle verlierst.
Sieh mich an: Ich bin die Galionsfigur deines Körpers. Mein Platz ist hier. Auf hoher See.

Ich will, dass du weitermachst.

Und dabei schaue ich noch fern. Ich lasse dich nicht allein, wenn du dich berührst.

STOP.
REW.
Ich spule zurück, weil ich mich in Träumereien von uns beiden verloren habe.
Deinetwegen habe ich meine Lieblingsstelle verpasst.

STOP.

Ich will, dass du weitermachst, dich weiter bewegst.

Lass mich auf und ab wippen. Fülle deine Hände mit meinem Hintern.
Steck deinen Finger in das einzige noch freie Loch, während ich von deiner Zunge probiere.
Mach weiter so. Gleich muss ich schreien.
Schau. Sieh nur, wie du wächst. Je erregter du bist, desto besser kann ich dich spüren.
Halt mich fest. Ich will, dass meine Haut sich an dich erinnert.

Jetzt will ich, dass du mich umdrehst.

Dreh mich mit dem Rücken zu dir. Ich auf allen vieren. Ich bin eine Hündin. Das ist die Stellung, die ich verdiene.
Betrachte meinen verschwitzten Rücken. Die Furchen der Muskeln.
Schiebe langsam meine Pobacken auseinander. Befeuchte deine Spitze. Tu noch etwas Speichel darauf.
Noch mehr. Ich bin eng. Sonst tust du mir weh.
Sieh mich an, bevor du eindringst. Ich drehe mich nach dir um.

Drück mir die Beine noch weiter auseinander und lass mich den Rücken noch mehr wölben.
Weiter unten.
Mit dem Gesicht auf der Erde. Ich darf nur spüren, wie du dich abstützt.
Warte kurz. Lass mich durchatmen.

Ich will, dass du unerbittlich bist.

Hör nicht auf mich, wenn ich dich bitte, aufzuhören. Mach einfach weiter. Stoße ganz weit vor.
Ersticke meine Schreie. Ich habe es verdient.
Arbeite mit mehr Speichel, wenn du nicht hineinpasst und ich verkrampfe. Mach einfach weiter. Mach weiter, und wenn es mir die Haut zerreißt. Ganz hinein, alles. Bis zum Ansatz deines Geschlechts.
Tu es. Tu es, und denk nicht an mich. Du hast keinen Grund, Rücksicht auf mich zu nehmen. Oder aufzuhören. Es soll dir egal sein. Mach weiter, und gewöhne mich mit Gewalt dran.
Schließlich sind wir kein verliebtes Paar: Es gibt keinen Grund, warum du aufhören solltest.
Außerdem habe ich dich gereizt. Pech für mich, wenn ich es nicht ertragen kann.

Ich will, dass du so lange weitermachst, bis du kommst.

Immer fester. Dann dreh mich um.
Wenn du kommst, dreh mich um und spritze mir all deinen männlichen Stolz ins Gesicht.
Lass mich dafür bezahlen. Ich habe es so gewollt.

Ich will, dass du mich eine dreckige Hure nennst.

Sag es. Ich bin es. Denn nur eine dreckige Hure wie ich kann dir jetzt einen blasen, mit höhnischem Lächeln, während du dich kaum mehr auf den Beinen halten kannst.

Ich will, dass du mich ihn ablecken lässt und dich beruhigst.

Erhol dich, während ich dich mit der Zunge reinige.
Ich habe das schließlich zu verantworten. Ich habe dich beschmutzt. Ich reinige dich.
Atme ruhig. Entspann dich.

– – – – – – –

Jetzt ist die Reihe an mir. Ich bin dran.

PLAY.
Sie ist mir die Liebste.
Sie trägt ein Minikleid. Darunter ist sie nackt. Sie hat lange, glatte Haare. Ein vollkommenes Gesicht. Engelsgleich.
Sie sind zu zweit. Sie ziehen sich ungeschickt aus. Eigentlich macht sie fast alles allein.
Sie hat ein entwaffnendes Lächeln.
Die beiden lassen nicht einmal die Hosen herunter und beginnen sofort, sich zu betatschen.

FFWD.

Dann gleich wieder STOP. Sie erstarrt mit zwei dicken Würsten im Mund.
Gleichzeitig. Die Zunge draußen. Und kann noch lächeln dabei.

FFWD.
Jetzt habe ich Lust zu kommen.

Schade. Wirklich schade, dass du nicht da bist. Dann wäre mein Orgasmus noch schöner.
Die Haut ist nun empfindlicher.
Bald muss ich aufhören zu schreiben. Ich kann nicht alles gleichzeitig machen.
Ich habe feuchte Finger. Ich verwende sie zusammen. Flach. Gleich werde ich sie hineinstecken.
STOP.
Okay. Da wären wir.
Der Moment, den ich am meisten mag.

Jetzt will ich, dass du mich beobachtest.

Während ich auf den Fernseher blicke. Eine Großaufnahme quer über den ganzen Bildschirm.
Mit links berühre ich mich. Dann stecke ich einen Finger hinein. Ich bin total nass.
Vielleicht gibt das Flecken in der Hose.

Die beiden dringen ein, zusammen. Das macht mich wahnsinnig an.
Ich kann nicht mehr weiterschreiben.
Den Rest musst du dir vorstellen.
Ich brauche jetzt beide Hände. Benutze sie beide. Ich werde schnell kommen, so weit bin ich schon.
Ich werde mir deine Zunge zwischen meinen Fingern vorstellen. Mittendrin.
Ich werde mir vorstellen, wie du mich unterwürfig leckst.
Gleich muss ich dich kurz verlassen, um es zu Ende zu bringen. Das ist mein Geschenk: mein literarischer Orgasmus für dich. Absichtlich herbeigeführt. Mit Widmung. Mitten im Moment des Schreibens.
Da kannst du dir sicher sein. Alles ist wahr. Bis zum letzten Seufzer.
Von dir will ich nur noch eine Sache.

Ich will ein Foto von dem, was wir gemeinsam getan haben.

Das letzte Bild.
Ich will wissen, ob es wahr ist. Ob du es getan hast. Wem auch immer du ihn gewidmet hast.
Ich will das Bild von deinem Sperma. Bloß ein Schnappschuss.
Ein Bild deiner flüssigen Befriedigung. Oder dessen, was davon bleibt.
Denn wer weiß schon, ob du dich tatsächlich alles getraut hast, worum ich dich gebeten habe.
Du sagst ja?
Dann wette ich, dass du auch den Mut hast, mir das Bild zu schicken.

Ich will, dass du dir vorstellst, wie ich komme, denn genau das tue ich jetzt.

– – – – – – –

Zu Hd. Valentina Maran
Via C.na Ginesta, 4
21020 Mornago. Varese

– – – – – – –

Die Fotos sind scharf. Klar. Er hat ein Händchen dafür.
Er hat sie mit der kleinen digitalen Canon geschossen, die er sich vor zwei Jahren gekauft hat und für die er das Doppelte dessen gezahlt hat, was sie heute wert ist. Er hat sie mir per E-Mail geschickt.
Ich muss sie öffnen, ohne dass jemand etwas merkt.
Es sollte lieber niemand mitbekommen, der zufällig in der Tür zu meinem Büro auftaucht.
Er auch nicht.

Er war noch präziser als erwartet. Es sind mehr Bilder, als ich von ihm verlangt hatte.
Ein knappes Dutzend. Einige sind wirklich starker Tobak. Man erkennt, dass er Wert darauf legt, sie mir in hoher Auflösung zu schicken.

Du bist nicht der Erste. Ich habe schon einmal welche geschickt bekommen.
Von einem mutigen Turiner Angestellten. Untadeliger Familienvater.
Ein Maniac mit einem Weblog. Ein Mensch mit etwas mehr Unternehmergeist als der Durchschnitt.
Keiner hat sich auf die geforderte Anzahl beschränkt.
Andere haben mir Briefe mit eindeutigen Einladungen zukommen lassen. Oder ihre einsamen Darbietungen mit Zeitung und Kamera detailliert beschrieben. Einer wollte gar nicht mehr aufhören, mich mit seinen Mails zu überschütten.
Einer hat nur seine Nummer hinterlassen.
Ich rufe niemals zurück. Reagiere nicht. Ich will nur die Beweise.
Ich habe um etwas gebeten und will nur dies. Darüber hinaus gebe ich niemandem irgendetwas.
Ich will zuschauen.

Er war ein Vorbild an Eigeninitiative. Beeindruckend.
Da sitze ich nun, und er hat das, worum ich ihn gebeten habe, auf die Spitze getrieben.
Es ist schön, mit Menschen wie dir zu tun zu haben, weißt du das? Ich liebe großzügige Männer. Und das bist du.
Er ist eben noch vorbeigekommen, ist auf der Schwelle stehen geblieben und hat gefragt, ob ich einen Kaffee wolle.
Dann hat er gesagt: »Ich schicke dir gleich was«, und da sind sie.

Es sind seine Digitalbilder. Ich speichere eins nach dem anderen ab und betrachte sie ganz genau.

Die Eröffnung ist ziemlich normal.
Auf dem ersten Bild sieht man die Zeitung. Das Datum. Vor ein paar Tagen.
Dann die Uhrzeit.
Er hat es gegen elf Uhr abends getan. Die Leuchtziffern aus flüssigem Kristall sind nicht besonders klar. Er hat seine Armbanduhr genommen. Ich kann die Minuten nicht richtig erkennen.
Er hat sie herangezoomt und abgedrückt.
Er hat einen schönen Arm. Ein festes Handgelenk. Große Hände.
Ich erinnere mich noch gut an die ersten Male, als er mir über den Rücken gestrichen hat, ganz nebenbei.

Ich öffne das nächste.

Eine Weitwinkelaufnahme.
Sein Zimmer. Ich weiß. Er hat mir davon erzählt. Er hat überall große Spiegel hängen, weil er schön ist und sich gerne betrachtet. Und tatsächlich hat er einen großartigen Körper.
Ich habe ihn deswegen immer gemieden, weil ich ihn geradezu unsympathisch fand.
Im Spiegel erkennt man seine Freundin.
Eine Brünette.
Ihre Augen und Beine sind zu einem Lächeln geöffnet.
Es ist das erste Mal, dass ein Mann mir solch ein Geschenk macht. Sie ist wirklich attraktiv, du hast einen guten Geschmack.
Ich schließe es. Lade das nächste. Warte kurz. Jemand nähert sich der Tür, geht weiter. Ich öffne es.

Man sieht sie, wie sie von ihm kostet.
Scheint gut zu schmecken.
Was hast du ihr erzählt, als du diese Fotos geschossen hast?
Hast du ihr gesagt, dass die Bilder für mich sind?
Hast du ihr gesagt, dass du sie für eine andere machst? Das es nicht das übliche Spiel ist?
Sie wird sich nicht gewundert haben, weil sie an Fotos gewöhnt ist. Oder daran, dass sie gefilmt wird.
Meiner Meinung nach hast du die Archive voll davon, gefüllt mit all deinen Frauen.
Er sieht sie sich gerne an. Die Sachen, die er gemacht hat.
Ein Sex-Narziss.
Süchtig nach sich und den anderen.

Wie hast du es ihr erklärt? Weiß sie, dass ich bei euch war?
Hast du ihr die Geschichte vorgelesen? Hast du ihr gesagt, dass du in Gedanken an mich onaniert hast?
Sieh mal, ich weiß es. Ich erkenne es an deinem Blick. Daran, wie wir uns zufällig auf dem Flur begegnen.
Wir werden es sowieso früher oder später tun. Das weißt du auch.

Was willst du mich fühlen lassen?

Ich mache das nächste auf. Er dringt in sie ein. Sie hat die Augen verbunden.
Das dachte ich mir. Das ist noch so eine Sache, die er mir über sich verraten hat.
Eine, auf die ich mich werde vorbereiten müssen.

Warum ziehst du mich da hinein? Es ist mir recht, aber sage mir, warum?
Will sie mich etwa auch? Ist das eine Einladung? Möchtest du sie teilen?
Ich weiß, dass du nicht eifersüchtig bist und davon träumst, sie einmal mit einer Frau zu beobachten.

Aber ist dein Wunsch auch der ihre?
Was hast du ihr gesagt? Was du getan hast, weiß ich. Das zeigst du mir gerade.
Du zeigst mir, wie gut du als Liebhaber bist. Ich habe nicht daran gezweifelt, weißt du?
Seitdem ich deine Hände spüren durfte, weiß ich es mit Gewissheit.
Auch dein Geschlecht ist keine Überraschung für mich. Du hast mir ein schönes, klares Bild deiner entblößten Zentimeter geschenkt, blank und verschluckt.
Okay.
Und nun? Wozu lädst du mich ein?

Ich öffne das nächste, dann noch eines. Jedes Mal die glückliche Sie, die ihm beisteht.
Mit dem Rücken zu ihm. Oder dem Bauch nach oben. Sie hat einen wunderschönen Bauch und einen dunklen Busch.
Wahrscheinlich rasierst du sie.
Und immer mit weit geöffnetem Mund. Dabei schreit sie nicht, glaube ich zumindest. Sie atmet. Und stöhnt.
Ich meine mich zu erinnern, dass sie keine Italienerin ist, aber ich weiß nicht, woher sie kommt.
Im Übrigen hast du ihr die Augen dilettantisch verbunden.
Den Knoten macht man nicht am Hinterkopf, sondern seitlich an der Schläfe, damit er nicht aufgeht. Ich wette, das wusstest du nicht.

Es gibt weitere Einstellungen. Dann die Details ihres Liebesakts. Ihrer Großzügigkeit.
Du hast mir gesagt, du seist sehr verliebt in sie. Beinhaltet deine Liebe auch, mich zu erregen?

Man folgt den einzelnen Szenen. Ein Crescendo der Bewegungen. Manches sind Schnappschüsse in Bewegung. Du wolltest sie also nicht bitten, innezuhalten. Oder vielleicht dachtest du, so besser transportieren zu können, was dir vorschwebt.
Gut.
Was genau schwebt dir denn vor?

Wir beide, du und ich, werden mit ziemlich hoher Wahrscheinlichkeit ficken. Oder besser noch, sieh mal, ich garantiere es dir.
Aber was ist das? Eine Einladung? Willst du mich an die Vorstellung von ihr gewöhnen? Oder wolltest du nur wissen, ob ich empört wäre?
Nein.
Ich bin nicht im Geringsten empört. Erregt dagegen schon. Sehr sogar.
Und nun? Was hast du nun vor?
Noch drei Fotos. Der Gipfel. Endlich sie ohne Binde vor den Augen, wie sie dir zusieht und mit offenem Mund wartet.
Ja. Sie ist wirklich attraktiv. Sie gefällt mir.

Auf dem nächsten Bild bist du zu sehen. Dein Strahl, der sie mit deiner Lust besudelt. Du und dein Segen.

Ich habe beschlossen, es als Geschenk zu betrachten. Ich werde es bei meinen Lieblingsdingen aufbewahren.
Du wirst nicht böse, wenn ich es als Sexphantasie zum Onanieren benutze, oder? Nein. Ich bin sicher, dass es dir nichts ausmacht.
Im Gegenteil. Kompliment. Du verstehst etwas davon. Es sind wirklich sehr schöne Fotos.
Aber siehst du? Auch du erliegst dem typisch männlichen

Irrtum. Ihr seid zu sehr auf die Sichtbarkeit des Objekts konzentriert, auf die Anatomie des Bildes.
Darunter leidet die Dichte, verstehst du? Mir fehlt ihr Geschmack. Der Schweiß.
Mir fehlen die Worte, die sie zu dir sagt. Die du ihr ins Ohr flüsterst.
Hier erkennt man nur deine Fick-Qualitäten. An denen hatte ich aber sowieso keine Zweifel.

Mir fehlt sie.

Mir fehlt ihre wahre Rolle.
Du hast sie hinter Glas verbannt, um mir mehr deine als ihre Talente zu beweisen.
Warum? Hättest du sie mir vorstellen wollen, hättest du anderes tun müssen. Vielleicht hätte sie für dich die Bilder machen müssen, findest du nicht? Wäre das nicht besser gewesen?
Dann hätte ich gesehen, wie gut sie ist. Was sie kann. Wie sie dich genießen lässt.

Hättest du sie mir schenken wollen, hättest du alles ihr überlassen müssen.
Mich in ihre Haut kriechen lassen. Das wäre wirklich anders gewesen.

Ich habe es dir schon mal erklärt.
Warum hast du mir kein Foto von ihr geschickt, wie sie kommt? Hm? Hattest du die Hände voll?
Bestimmt nicht die ganze Zeit.
Was ist los? Ist sie nicht schön, wenn sie kommt?
Das glaube ich nicht.
Hat sie einen wenig offensichtlichen Orgasmus? Sag, wie sie es macht: eine stumme Explosion? Rollt sie sich zusammen? Stöhnt sie auf und verabschiedet sich dann von

deinem Geschlecht? Was tut sie? Warum hast du es mir vorenthalten?
Du musst noch vieles lernen.

Ich öffne den letzten Anhang.

Er. Allein. Eine Reflexion im Badezimmerspiegel.
Er blickt mir direkt in die Augen. Seine Haare sind offen. Sie hängen ihm auf die Schultern herab.

Die Kamera hat ihn im Moment des Blitzes verewigt.
Er lächelt nicht.

Ich habe von dir nicht eines der Dinge bekommen, die ich verlangt habe.
Was für ein Spiel spielen wir hier? Ich meine es ernst.
Erwarte bloß nicht, dass ich die Beschämte mime. Jetzt gehe ich zu dir, und wir verabreden uns. Ich lasse mir die Schlüssel geben und bringe dich an einen Ort, wo wir allein sind.
Wo ich mit dir tun werde, was noch niemand mit dir getan hat. Ich werde die Erste sein.
Bring deinen Fotoapparat mit, wenn du willst. Bring ihn ruhig mit. Mach Bilder.
Ich bin wunderschön.
Ich erkläre dir, was ich von dir will.

Mehr noch, ich hole es mir einfach, das geht schneller.

Ich speichere die Bilder auf dem Desktop.

Es ist 15:45 Uhr am 3. Dezember. Er ist in der Nähe. Hat sein Büro neben meinem.

In Ordnung.
Du hast es so gewollt.

Ich speichere die letzte Zeile der Datei und gehe hinüber.

Das Handtuch

Sorgfältig wischt er mich ab, ohne recht zu bemerken, was er tut.
Er ist von dem Orgasmus noch ganz benommen. Vielleicht ist er unglücklich.
Er weicht meinem Blick aus. Starrt auf meinen Körper. Auf meinen Hals.
Mit einem Handtuch tupft er die Schlieren ab, die er auf mir hinterlassen hat.
Die zähflüssigen Streifen strahlen quasi von meinem Bauchnabel ab. Ein Dolchstich der Lust.
Sein Körper hat mich gefeiert und Konfetti und weiße Sternschnuppen über mich geworfen.

Doch nun scheint all seine Freude verbraucht. Nun ist er ernst.
Seine Miene ausdruckslos.
Er ist abwesend.

Er behandelt mich mit einer pflichtgemäßen Fürsorge, wie man sie einem nassen Hund zukommen lässt, damit er den Fußboden nicht schmutzig macht.
Dann rollt er das Handtuch auf. Fährt mir damit über den Leib, damit die Fasern den Glibber aufnehmen. Ohne zu kontrollieren, nimmt er alles weg. Streicht nicht einmal mit der Hand über mich, um zu prüfen, ob er gute Arbeit geleistet hat.

Vielleicht hat sich mit dem Orgasmus auch die Bewunderung verflüchtigt, die er für mich hatte.
Ich warte.
Jetzt fährt er mit dem Baumwollstoff über seinen Körper. Wischt sich den Schweiß ab. Er ist schweißgebadet. Er riecht süßlich.

Du schmeckst gut. Deine Haut sondert Zucker ab. Auch wenn seine Miene etwas ganz anderes zu sagen scheint.
Er geht hinüber, um sich zu waschen.
Ich bleibe auf dem Boden liegen. Im Gegenlicht erkenne ich den mattglänzenden Film seines Spermas. Wie eine hauchdünne zusätzliche Hautschicht. Ein Rest deiner Patina, die du mir als Schutz hinterlassen hast. Vor was, weiß ich nicht.

Das Zimmer ist ins Halbdunkel getaucht.
Seine Bücher sind nach Farben geordnet. Die Buchrücken gut sichtbar.
Er hat Unmengen von Büchern. Und Massageöle, die er heute aber nicht benutzt hat.

Sein Handy klingelt. Er kommt mit einer kleinen Flasche Wasser in der Hand ins Zimmer zurück.
Ich rühre mich nicht. Ich bin der schönste Ikea-Teppich, den es gibt.

Es gibt Leute, die würden dafür zahlen, einen Einrichtungsgegenstand wie mich zu haben.

»Ja?«
…
»Ja, am Apparat …«
Er seufzt.
»Hm-m.«

Seufzt noch einmal.
»In Ordnung.«
Dann holt er tief Luft.
»Kommt man da mit öffentlichen Verkehrsmitteln hin?«
Atmet aus.
»Einverstanden.«
Ein Nicken ins Leere.
»Wiederhören.«
Er legt auf.

Ich glaube, ich habe noch nie jemanden so lahm reden hören.
Er lässt das Handy auf das Tischchen fallen, neben die Wasserflasche.
Jetzt sieht er mich an.
»Himmel, was für ein Stress.«

Was genau? Stehen oder telefonieren?
Er holt wieder tief Luft und legt den Kopf in den Nacken. Auf seinem Hals zeichnen sich zwei gespannte Seile ab, ohne die der Kopf nach hinten kippen würde. Sein glänzender Schädel würde unter den Schrank rollen. So jedoch bleibt er oben sitzen, auf den schmalen Schultern.

Er sieht sich wieder um. Überlegt.

Sein Geschlecht hat sich wieder in einen leeren Hautsack verwandelt. Eben, als ich mich auszog, genügte ein Blick auf mich, um ihn zu füllen.
Ich halte seinen Kreislauf in Schwung. Ohne mich würde dein Körper absterben. Du solltest mich beschenken oder dich wenigstens bedanken für all die Male, die ich deine Zellen daran erinnere, dich am Leben zu halten.
Ich bringe deine kommunizierenden Gefäße auf Trab.

»Hast du Durst?«
»Mh-m«, erwidere ich und schüttele den Kopf.
Nein.
Er kommt mit schweren Schritten näher. Als hätte sein Körpergewicht sich verhundertfacht.
Das Parkett unter ihm könnte brechen.
Er legt sich neben mich. Auf den Bauch.
Ich möchte nicht schlafen. Ich bin nicht müde. Er hat sich ja um alles gekümmert.

Er hat mich aufgespießt und durchs Zimmer getragen. Ich bin sein Teddybär, aus echtem Leder und mit Fingernägeln.
Er mag es, mich auf seine Tischchen zu legen.
Einer davon ist ein kleiner weißer Tisch, der unter seinem Hochbett steht. Das ist seine liebste Anlaufstelle. Ich bin der festen Überzeugung, dass er ihn genau für diesen Zweck gekauft hat. Er hat eine lächelnde Verkäuferin ins Visier genommen und sie gebeten, sich danebenzustellen. Dann hat er sie sich gebeugt vorgestellt, in der Haltung, in die er alle Frauen bringt, die hierher kommen. Dann erst hat er sich entschieden.
»Der hier ist gut«, hat er vielleicht gesagt und sie sich in der Hündchenstellung vorgestellt.
Vielleicht hast du sie dann sogar mit nach Hause genommen, wer weiß?

Auf der Waschmaschine haben wir es nie getan.
Schade. Wenn ich es recht bedenke, habe ich es noch nie dort getan.
Man müsste den richtigen Moment des Waschprogramms abwarten, bei voller Trommel und im Schleudergang.
Ist es nicht so? Ich glaube, nicht einmal in einem Mietshaus wie diesem darf man zu jeder Tages- und Nachtzeit waschen.

Ich wundere mich, dass noch nie jemand an die Wand gehämmert hat, oder gleich an die Tür, bei dem Lärm, den wir hier veranstalten.

Er beginnt fast sofort zu schnarchen.
Ich finde es lustig, ihn so zu sehen. Sonst reißt er sich immer irgendwie zusammen.
Als wolle er stets messen, wie beeindruckt ich von ihm bin.
Nur wenn der Orgasmus seine gesamte Muskulatur lahmlegt, rollt er sich in sich selbst zusammen.
In dem Moment beeindruckst du mich am meisten, wenn du ganz leer bist, weißt du das?

Er hat einen wohlgeformten Hintern. Perfekt.
Das muss ein Geschenk der Natur sein, eine unbewusste Gabe seiner Mutter, denn der Rest seines Körpers ist nicht gerade ein Ausbund an Spannkraft. Er ist ein Mann von mindestens einem Meter siebzig.

Er hat mir nie Blumen geschenkt. Nur einmal ein Buch. Einen Kalender, den er übrig hatte und sonst jemand anderem mitgegeben hätte.

Mir ist nie ganz klargeworden, ob er mich lieber in Turnschuhen oder Stöckelschuhen mag.
Ich glaube, er interessiert sich mehr für meine Körperöffnungen.
Für die Möse. Das Loch. Den Bauchnabel. Den Mund. Die Ohren.
Er redet gerne mit gedämpfter Stimme, während er auf meinem Rücken liegt und mich wie ein brunftiges Tier besteigt.
Er findet, ich sähe aus wie eine Comicfigur. Überzeichnet.
Ich soll fast immer unten liegen, oft mit dem Rücken zu ihm.

»Weißt du überhaupt, was du bist? Hm?«
Fragt er mich und knabbert an meinem Ohrläppchen.

Ich mustere mich.
Sehe das kleine Lederhalsband, das ich trage. Es trennt den Kopf vom übrigen Körper. Isoliert ihn. Und lässt den Rest irgendwie obszön erscheinen.
Mein Mund ist halb geschlossen. Meine festen Pobacken klatschen gegen seinen Bauch.

Ich bin einen Meter fünfzig groß. Italienerin. Mit heller Haut. Das ist alles.
Was gibt es noch zu erwähnen?
Ich vermute, dass seine Frage sich nur auf die Hülle dessen bezieht, was ich bin. Der Rest interessiert dich nicht, fürchte ich. Oder doch?

Einmal sollte ich meine hohen Stiefel anbehalten und die Strümpfe, die mir bis übers Knie reichen.
Ein anderes Mal hat er seine Schuhe und die gleichfarbigen Socken anbehalten.
Vielleicht, um auszuprobieren, wie das kommt.

Ich streiche ihm vom Nacken ausgehend über den Körper.
Ich zeichne eine durchgehende Linie entlang seiner Rückenmitte, schneide ihn entzwei.
Er ist mit einem leichten Flaum bedeckt. Überall.
Ich lege mich vorsichtig auf ihn, ohne Gewicht. Mit den Lippen umspiele ich sein Ohr.

Ich möchte tun, was du getan hast, weißt du das? Ich möchte dir alle Wörter sagen, die ich im Kopf habe. Ich möchte dich wach halten. Möchte dich Scham und Lust spüren lassen, wie du sie bei mir auslöst, wenn du sagst, dass ich wie für ein Pornoheft gemacht bin.

Oder wenn du mir deine Phantasien ins Ohr flüsterst.

Vorsichtig streiche ich mit den Brüsten über ihn. Meine weichen Schamhaare entstauben sein Hinterteil.
Ich bin feucht.
Nicht schlafen. Ich will nicht, dass du schläfst.
Langsam wandere ich mit den Brüsten tiefer. Meine Rundungen schmiegen sich in seine konkaven Körperformen.
Ich bedecke seine Schulterblätter mit leichten Küssen.
So leicht, dass sie verfliegen, noch bevor er sie bemerkt.
Während ich an seiner Wirbelsäule klebe, bewege ich mich auf und ab.
Wach auf.
Meine großen Schamlippen sind so feucht, dass ich ihm damit Küsse auf den Hintern versetze.
Meine Blütenblätter geben ihm milchig-saftige Schmatzer.
Wach auf.
Ich schiebe seine Pobacken auseinander. Fahre mit der Zunge über die Stelle, wo die Haut wieder eins wird. Wandere immer tiefer. Hier ist er stark behaart. Ich befeuchte seine Härchen mit Speichel.
Los, wach schon auf.
Ich gleite noch tiefer.
Ich erreiche das Loch. Mache weiter. Zuerst in weiten Kreisen. Dann immer enger am Zentrum, wo die Haut ein wenig brauner wird.
Ich bin wie eine matte Katze, die eine andere putzt.
Er schmeckt stark nach Schweiß. Und nach ungelüfteten Räumen. Nach geschrubbter Haut. Die Runzeln des Lochs sehen aus, als hätten sie etwas Saures aufgesaugt. Wenn ich mit meinen Geschmacksknospen darüberfahre, werden die Falten weicher und weicher.
Mit jeder Zungenbewegung hebt er den Hintern höher – und spreizt die Beine.

Dann schläfst du also doch nicht?

Meine Hände sind voll von deinem Fleisch. Ich arbeite mich immer weiter vor. Er leistet keinen Widerstand. Seinen Atemzügen nach zu urteilen, würde ich sagen, er genießt es.

Ich löse die Hand, fahre mit dem Finger über die zuvor befeuchteten Zonen.

Dann beginne ich wieder zu lecken. Immer stärker. Du hast meinen Platz eingenommen, merkst du es? Jetzt hockst du da vor dem Spiegel, mit dem Gesicht nach unten.

Jetzt drückst du den Rücken durch wie ich zuvor.

Er hält die Augen immer noch geschlossen. Plötzlich schlägt er sie auf. Aber er sieht sich nicht an. Er dreht sich zu mir um. Ich betrachte mich immer im Spiegel, wenn ich bei ihm unten liege.

Ich betrachte mich und stelle fest, dass du recht hast. Ich bin schön. Und ich funktioniere ganz nach deiner Lust.

Ich wandere mit der Zunge tiefer.

Dorthin, wo die Haut sich wieder vereint und ohne Narben zusammenwächst.

»Was machst du da?«

Fragst du mich, weil du es nicht fassen kannst, oder soll ich es dir wirklich erklären?

»Nichts. Gar nichts«, sage ich, um wieder die Stellen in den Mund zu nehmen, an denen dich normalerweise niemand berührt.

Es ist unbequem so.

Er hat sich mittlerweile auf alle viere erhoben und lässt mit sich machen, was ich will.

Wenn er in den Spiegel blickt, dann nur, um meine Bewegungen zu verfolgen.

Ich schiebe mich unter ihn und lasse ihm Zeit, es zu begreifen.

Ich höre nicht auf, ihn zu lecken, zu berühren. Langsam stehle ich mich zwischen ihn und die Matratze. Strecke mich zwischen seinen Beinen aus. Meine Hände liegen fest auf seinem Hintern, und ich lenke ihn langsam in meinen Mund.
Weißt du, was uns noch fehlt?
Ein schönes Mädchen, das mich leckt. Ich möchte jetzt gern spüren, wie eine Frau es mir besorgt. Ich möchte die Lust spüren, während dein Schwanz mir die Wangen ausbeult.

Er will mich beobachten, ich weiß. Er will mich anschauen, weil er weiß, dass ich ihn sogar noch in dieser Stellung anlächele.
Er setzt sich auf mein Brustbein, nimmt die Fersen zu Hilfe, um sich leichter zu machen. Schiebt sich nach vorn. Lässt mir seinen Schwanz über die Lippen flutschen. Auf die Nase.
Dann legt er seinen Sack auf meine Augen. Als hätte ich zwei Eier auf den Lidern. Ich lache über meine zeitweilige obszöne Blindheit.

Keine Ahnung, wie dir manche Ideen in den Sinn kommen.

Dann rückt er weg, und ich kann wieder sehen.
Er lächelt.
Mit festem Griff packe ich den Ansatz seines Gliedes. Ich ziehe das bisschen Haut straff, das noch nicht gespannt ist. Nähere die Spitze meinem Mund.
Ich puste ein paarmal darüber und sage dann laut und deutlich:
»Ciao, hier spricht Valentina aus Varese, und ich grüße alle, die mich kennen!«

Wir prusten los. Das hat er nicht erwartet.
Was hast du denn gedacht? Die Liebe ist nun mal keine ernste Angelegenheit.
Jedenfalls nicht für mich und dich, die wir uns nur hin und wieder sehen, wenn kein anderer Frauenname in deinem Terminkalender steht.

Auf einmal erhebt er sich. Wo zum Teufel will er denn jetzt hin?
Er nimmt einen Schluck aus der kleinen Flasche, die er vorhin geholt hat. Er schwenkt sie in meine Richtung.
»Nein.«
Nein, verflucht. Ich will nicht.
Das Einzige, was ich jetzt will, ist, dass du dein Gesicht hier in meine Mitte legst und das tust, was mir zusteht.

WACH AUF!

Er kontrolliert sein Handy.

Na gut. Fange ich eben alleine an.

Zärtlich streiche ich über meine glatten Stellen. Ich bin nass. Die Finger eilen schnell zur Mitte und finden sofort den Weg in die Tiefe.
Ich bin ölig. Leicht zu entern. Ich arbeite mit der Rechten. Mit der Linken spreize ich die Falten. Dann nehme ich die Finger heraus. Probiere, wie sie schmeckt.
Gut. Nicht einmal besonders sauer heute.
Ich sauge an meinem Mittelfinger und drehe mich zu ihm um.
Er hält immer noch die Wasserflasche in der Hand.
Schade, dass du kein Fotohandy hast, sonst würde ich dir jetzt ein schönes Geschenk machen.
Er stellt die Flasche ab. Mustert mich weiter. Fängt an, mit

der Hand an seinem Schwanz herumzuspielen, der wieder voller Überzeugung auf mich zeigt. Dir sagt, dass er mich will.
Möchtest du nicht einfach auf ihn hören?
Endlich kommt er näher. Kniet sich vor mich. Ich mache weiter, als wäre er Luft. Endlich hält er meine Hand fest. Legt sie mir auf die Brust.
Er spreizt die halbgeöffneten, bereitstehenden Falten.
Dann streckt er die Zunge heraus und beginnt vorsichtig, den Durst zu löschen.
Ich schließe die Augen. Öffne sie wieder. Starre an die Decke. Spüre alles, was er mit mir tut. Sein Blick ist aufmerksam. Mit den Augen beobachtet er die Bewegungen meines Brustkorbs.

Zählst du, wie oft du lecken musst, bis ich komme?
Misst du die Zeit, wie lange ich brauche, um von der Lust in die Atemnot gesogen zu werden? Das hängt von dir ab.
Und von deiner Zunge, die nach Wasser schmeckt.
Und davon, ob ich jetzt anfange zu fragen, wie viele Bücher auf deinen Ikea-Regalen stehen.
Davon, wie viel Lust ich habe, dir nachzugeben und deine Wohnung zu verlassen, da du bestimmt Besseres zu tun hast und auf deinem Handy gerade eine neue Nachricht eingegangen ist.

Okay.
Dann genieße mal das Spektakel.

Ich lasse mich überfluten. Meine Atemzüge werden schneller. Die Lust macht mich taub.
Schauer überlaufen mich, und der Boden versinkt unter mir.
Ich hebe den Kopf und schreie, während der Rausch mich schüttelt.

Als versetzte mir jemand Elektroschocks und schrie bei jeder Entladung: »Lass es raus!«

Ich lasse es raus.

Raus aus der Kehle, Freude wie Wut. Gebe Saft und Tränen von mir.
Ich lasse mich von Krämpfen durchschütteln wie bei der Ekstase der heiligen Teresa.
Und du sitzt da und beneidest meinen langen, nicht enden wollenden Orgasmus.
Ich werde noch ein paar Minuten weitermachen.

Du hast später genug Zeit, deine Nachrichten zu beantworten.

Smoke

Ich entschuldige mich und stehe vom Tisch auf.
Das Bad ist zwei Zimmer weiter, gleich neben den äußersten Tischen.
Die Büste eines mit Messern gespickten Jesus am Kreuze wacht über der Tür.
Trotz seiner Anwesenheit fühle ich mich kein bisschen beschützt.
Ich trete ein.
Die Kacheln sind feucht, und durch das Fenster weht eine unangenehm kühle Brise.
Es ist Anfang Februar. Morgen habe ich Geburtstag.
Ich dachte, auf Kuba sei es entschieden wärmer.
Ich schließe die Tür ab, prüfe, ob die Klobrille sauber ist, und lege drei Schichten Klopapier darauf.
Trotz allem setze ich mich nicht, sondern beuge mich darüber und verharre, um Balance ringend, über dem merkwürdigen, ins Nirgendwo führenden Maul, im freien Fall über dem Schlund.
Wer weiß, wo diese Rohre hinführen? Ob sich gerade irgendein Tier seinen Weg herauf bahnt?
Ich stütze mich mit den Händen ab.
Nicht leicht, zu pinkeln.
Ich atme ein. Atme aus. Muss mich entspannen.
Ich starre auf den Seifenspender am Waschbecken, konzentriere mich darauf, die Aufschrift zu entziffern und he-

rauszufinden, welchen Duft sie hat, ich tue alles, um nicht auf die Stimmen zu achten, die aus dem Ballsaal herüberklingen.
Im Dunkeln erahnt man einen Lichtpunkt, als hätte jemand ein i-Tüpfelchen vor die Tür gesetzt.
Ein Punkt, der beim Einatmen stärker wird.
Jemand raucht.
Bestimmt.
Das kann nur die glimmende Asche einer Zigarre sein.
Er sieht mich an. Hier brennt Licht. Er kann mich sehen, ich ihn nicht.

Vielleicht irre ich mich, und er blickt woanders hin, in Richtung Hof.
Wer weiß, wer das ist. Wie alt er ist.
Vielleicht sitzt er stundenlang dort und wartet auf Damen, die behaupten, sie gingen sich mal kurz die Nase pudern, und in Wirklichkeit etwas ganz anderes tun.
Mein erst schwaches, dann immer stärkeres Plätschern bringt ihn nicht aus der Ruhe.
Ich entspanne mich, höre auf, mir den Unterleib zu kneten, als hätte sich in mir alles verknotet.
Bitte, wenn du glotzen willst, dann tu es. Mir ist das völlig egal.
Mein demonstrativ entschlossener Strahl ermattet schnell.
Dann erstirbt er.
Ich stehe auf und putze mich ab.
So in der Luft hängend, biete ich wohl keinen besonders denkwurdigen Anblick.
Ich rücke mir die Unterwäsche zurecht. Jemand drückt die Türklinke hinunter.
Die Zigarre ist immer noch da, reglos.
Wieder die Klinke. Ich hasse Leute, die nicht nachgeben.
Wenn ist, dann ist, oder?
Ich lasse mir besonders viel Zeit. Wasche mir sorgfältiger

als sonst die Hände. Überprüfe mein Make-up. Selbst wenn ich wollte, könnte ich mich nicht nachschminken, da ich nichts dabeihabe.
Ich habe alles drüben gelassen, in der Handtasche.

Ich zerknülle das Papiertuch, mit dem ich mir die Hände getrocknet habe, ziele auf den Abfallkorb und verfehle ihn prompt. Ich hebe es nicht auf. Lasse es dort liegen. Schließlich soll das Putzpersonal auch was zu tun haben.
Ich gehe hinaus. Niemand steht lauernd hinter der Tür. Doch sobald ich mich entferne, löst sich ein Schatten von dem nebenstehenden Tischchen.

Ich gehe zum Produktionsteam zurück. Wir sind hier in Havanna, um einen Spot für einen Schokoladenkeks zu drehen, mit dem europäische Kinder gemästet werden sollen.
Das Abendessen neigt sich dem Ende entgegen.
Die Männer erheben sich vom Tisch. Den ganzen Abend über lachen sie schon, teils grundlos, frotzeln gutgelaunt miteinander. Vor dem Kaffee verlassen sie uns Frauen, um einen Ort aufzusuchen, den sie nicht nennen wollen. Geheime Verbündete, ordinäre Kumpelhaftigkeit. Wie Wildschweine, die bewegen sich auch immer im Rudel.
Morgen Vormittag werden wir sie wiedersehen.
Den Frauen wird nicht zugestanden, sich wie sie zu amüsieren. Das Budget der Produktion sieht zwar Dollars für die Männer der Truppe vor, um nächtliche Nuttenbesuche zu finanzieren, nicht aber für uns Frauen, um jemanden zu rekrutieren, der uns Gesellschaft leistet.
Sie glauben, Frauen tun so etwas nicht.
Irgendwie finde ich das süß. Für sie sind wir geschmacklos, stimmlos, geschlechtslos. Wenn sie sich dazu herabließen, mal mit mir zu plaudern, würden sie merken, dass ich mich ihnen ohne weiteres anschließen könnte.

Irgendwo hingehen, jemanden aussuchen, der mir physisch gefällt, ihn für ein paar Stunden in eine Privatwohnung bringen, noch dazu alles auf Firmenkosten. Nichts einfacher als das.
Ich würde es tun. Sogar mit einer gewissen Kaltblütigkeit.
Wer das hingegen nicht einfach so hinnehmen könnte, das wären sie: Es wäre ihnen peinlich, wenn ich sie sähe, wie sie wirklich sind.
Ich bin selbst dann noch eine Dame, wenn ich von Orgasmen geschüttelt werde.

Wir bleiben noch ein halbes Stündchen sitzen, während die Männer wahrscheinlich schon ihrer Lust frönen.
Als wir hinausgehen, lasse ich den anderen den Vortritt, die noch ein paar Fotos auf der weißen Marmortreppe machen.
Vom Ballsaal aus halte ich Ausschau nach dem Mann, der an dem Pünktchen glühender Asche hängt.
Entdecke ihn.
Seine Gesichtszüge kann ich nur schwer erkennen: Sie sind genauso dunkel wie der Tabak, den er raucht. Er mustert mich. Seine schwarzen Pupillen kann ich nicht sehen, nur das Weiße, das sie umgibt. Er nimmt die Zigarre aus dem Mund.

»Smoke?«

Sein Englisch klingt ähnlich wie meines.
Er wühlt in seiner Tasche, zieht einzelne Zigarren hervor, zwei stecken in einem Etui.
Wahrscheinlich hat er sie in irgendwelchen Hotelshops mitgehen lassen.
Hier wird gestohlen, was man kriegen kann, und verkauft, was man loswird, einfach, um zu überleben.

Vorsichtig nehme ich eine aus dem Etui.
Ich gebe ihm ein paar Dollar mehr.
Ich hätte nicht übel Lust, ihn zu fragen, ob er nicht jemanden kennt, der mir Gesellschaft leisten möchte. Das Problem ist nur, dass ich ihn nicht mit auf mein Zimmer nehmen könnte: Kubaner dürfen nicht in die Nähe des Hotels.
Ich müsste ihm einfach vertrauen und mich in irgendein gottverlassenes Zimmer führen lassen, wer weiß in welcher Gegend.
Zu viel Aufwand für ein kostspieliges Vergnügen, das mir im Gegensatz zu den Männern nicht erstattet wird.

Ich gehe zu den anderen. Wir kehren ins Nacional zurück.
Dort lege ich mich aufs Bett und blicke hinaus. Von hier sieht man den Malecón und die wegen Strommangels dunklen Fenster.

Mir kommt der Gedanke, dass ich ein Souvenir in der Tasche habe.
Ich nehme es heraus: Es ist eine Don Tomás, wer weiß wem geklaut, um mich zu zerstreuen, während die Männer der Gruppe beschäftigt sind.
Wenn sie nach Italien zurückgekehrt sind, werden auch sie erzählen, dass die Insel das reinste Männerparadies ist.
Vielleicht. Aber teuer bezahlt und nur gegen Stundenlohn.

Ich löse den roten Verschluss des strohfarbenen Etuis.
Ziehe die Zigarre hervor. Beiße die Spitze ab und spucke sie aus, wie ich es in irgendwelchen Filmen gesehen habe, und zünde sie mit den Willkommenstreichhölzern des Hotels an.

Ich nehme einen Zug, der mir in die falsche Kehle gerät, muss husten.
Blasen kann ich entschieden besser.

– – – – – – –

Beim Hineingehen sage ich ihm, dass die kubanische Bräune schon wieder fast weg ist.
Er behauptet, das mache nichts. Dass ich ihm auch weiß gefiele und dass ich ihm gefehlt hätte.

Ich habe mir Zöpfe geflochten. Und Strümpfe angezogen, die mir bis übers Knie reichen.
Ich komme aus dem Bad und trage außer dem Slip nur noch sie und die Stöckelschuhe. Er wartet im Zimmer auf mich.
Ist noch bekleidet. Hat sich die Schuhe ausgezogen und steht auf Strümpfen mit dem Mobiltelefon in der Hand da. Als ich hereinkomme, macht er es aus und sieht mich ungläubig an.
Das hat er nicht erwartet.
Ich bleibe in der Tür stehen und betrachte ihn. Muss lachen.
Ich weiß, mit der Frisur sehe ich aus wie eine freche Göre.
Noch immer starre ich ihn an und wickle mir ein Zöpfchen um den Zeigefinger.
Er kommt mir entgegen.
»Madonna …«
Ungläubig berührt er meine Haare, betastet die Gummibänder, fühlt prüfend zwischen Daumen und Zeigefinger die Stärke der Zöpfe. Er umfasst sie und stellt sich schon vor, was er gleich mit mir tun wird. Ich lehne meinen Kopf an seine Brust.
Es ist ein bisschen kalt. Ich möchte, dass er mich wärmt.
Dass er mich beschützt.

Heute habe ich Lust, dich stärker zu fühlen, als du bist.

Er hat schöne, fleischige Lippen. Und er kann seine Zunge in meinem Mund benutzen, als ob er spräche. Mit langen, langsamen Sätzen, in Versen, die mich beinahe beschämen.

Er streichelt mir die Seiten, den Rücken, knetet eine Pobacke.

Dann versetzt er ihr mit der Handfläche einen Klaps, so fest, dass es in dem halbleeren Zimmer widerhallt. Er darf mich schlagen, wenn er will. Ich habe jedoch nicht gesagt, wie fest. Fürs Erste ist dies das Maximum dessen, was er sich zugesteht. Ich habe ihm gesagt, dass er mich ruhig hart anpacken dürfe, und ich glaube, genau das fasziniert ihn so sehr. Vielleicht wird er mir früher oder später ins Gesicht schlagen, im Sexrausch. Vielleicht wird er begreifen, dass ich genau das in gewissen Momenten will.

Er dreht mich um. Beugt mich leicht nach vorne. Ich stütze mich mit den Händen auf die Matratze, spreize die Beine, wackele mit den Hüften und beobachte heimlich, was er für ein Gesicht macht.

Er kniet sich hin und zieht mir den Slip aus. Dann streift er seinen Pullover ab. Und die ausgebeulte Jeans. Schade, dass er niemals Gürtel trägt.

Ich würde gern das Leder auf meiner Haut spüren. Wie er mich mit der kalten Schnalle kitzelt.

Er küsst mir die Innenseiten der Schenkel, die glatte Falte der Pobacken.

Offensichtlich spielt er auf Zeit.

Seine Hände klettern derweil meinen Körper hinauf und hinunter, vom Rand der Strümpfe bis zum Rücken.

Ich bin heiß. Ich hätte gerne, dass er augenblicklich sein Gesicht ins Zentrum meiner Gedanken versenkt.

»Ich möchte es nicht sofort tun – lass mich dich noch etwas ansehen.«

Er lehnt sich auf mich. Er hat seinen Slip noch an, und der Stoff hält mühsam zurück, was sich schon freudig nach mir sehnt, einen Gedanken nach dem anderen.

»Ich habe dir etwas mitgebracht.«
Er kauert sich auf den Boden neben seine Umhängetasche. Wühlt darin herum. Wird nicht gleich fündig.
Ich warte mit der Wange auf der Matratze, lasse die Beine baumeln und betrachte nachdenklich das Gesicht, das mir seit nunmehr über einem Jahr den Schlaf raubt.

Stell dir vor, wie viele Menschen dich nackt sehen, während ich dich ausziehe. Alle starren dich an, während wir beide Sex haben.
Sie wissen über dich dasselbe, was ich weiß.
Wenn sie dein Gesicht erkennen könnten, deine ganze Art, wäre ich geliefert.
Alle wollten dich. Ich habe beschlossen, dich nicht ganz so schön zu machen. Mit deinen Fehlern nicht allzu gnädig umzugehen. Aus purer Eifersucht.
Weil ich dich für mich allein haben will. Weil keine von ihnen das tun kann, was ich tue.

Du müsstest mit mir zusammen sein.

Er sieht mich an, während er weiter in seinen wenigen Sachen kramt.
Dein Vater muss ein attraktiver Mann gewesen sein

»Da ist es.«

Er zieht es langsam und in voller Länge hervor: Es ist ein blaues Band.
Sieht aus wie ein Schmuckband. Wie ein Accessoire aus dem Einrichtungsladen. Es hat keine Falten. Es ist perfekt.

Ich frage nicht, von wem er es hat. Ich will es lieber nicht wissen.
Lass mich an die offensichtlichste aller Lügen glauben. Dass du in eine Kurzwarenhandlung gegangen bist und es nur für mich ausgesucht hast, weil du dachtest, dass es mir gut stehen würde, weil du seine Beschaffenheit gefühlt hast, um genau das Richtige für deine Zwecke zu finden.
»Es ist, um dich zu fesseln. Willst du?«
»Hm-m.«
Er setzt sich neben mich aufs Bett. Ich drehe ihm den Rücken zu und halte ihm als alte Häsin die Handgelenke hin.
»Sehr gut.«
Er bindet sie mir zusammen, zieht vorsichtig die Knoten fest.

Man merkt, dass er das sonst nicht tut. Wer es kann, ist entschiedener, weiß den Druck der Fessel auf der Haut genau einzuschätzen.
Weiß, wie viel Raum zwischen Handfläche und Band liegen muss, damit es nicht einschneidet.
Wenn ich es bei dir machen müsste, würdest du sofort den Unterschied merken. Ich habe Übung darin. Aber keine Sorge: Ich will, dass du es auch lernst.
»Tut es weh?«
»Nein.«
Ich wurde schon gefesselt und mit Wäscheklammern an den Brustwarzen aufgehängt. Das tat weh, dies hier nicht.
Er genießt den Anblick.
»Lass mich gleich mal etwas ausprobieren.«
Das schwebt ihm schon lange vor: Er stellt sich vor mich. Lässt sich sein üppiges Teil lecken, während ich mit den Händen absolut nichts ausrichten kann.
Als ich dann den Mund aufmache, schiebt er sich hinein, zieht sich wieder heraus.

Er tut es mit wohlbemessenen Pausen, begleitet rhythmisch, mit tiefen Atemzügen sein Eintauchen in meine Geschmackshöhle.

Plötzlich packt er meinen Kopf, krallt sich an meinen Zöpfen fest wie an Klinken und versetzt mir einen trockenen Stoß. Er hält inne und packt mich so fest, wie ich es gerade noch ertrage.
Du hattest recht: Es so zu tun ist schwer. Es ist das, was er einmal als »Brutalo-Blasen« bezeichnet hat.
Ich halte mich an seine Entscheidungen. An seine Phantasien.
Ich ziehe mich ein bisschen zurück, sonst steckt er mir gleich zu tief in der Kehle.
Du darfst nicht zu heftig zustoßen, sonst funktioniert es nicht.
Er hält inne.
Ich hechele, als bekäme ich nicht genug Luft. Dann beginne ich ihn wie einen Kolben in mich hineinzustoßen, denn ich will selbst entscheiden, was mir gefällt und wie du es tun musst.
Mit der Zunge bearbeite ich jeden einzelnen Zentimeter von ihm. Er ist geschmacklos. Ist reine Konsistenz.
Ich sauge fest an der Spitze. Hier tritt nichts aus, er bedenkt mich nicht mit dem kleinsten Tropfen seines Saftes, während aus seinem Mund zustimmendes Stöhnen kommt. Dabei hält er mich fest an sich gepresst, ist bereit, mich zu feiern, mir geleeartige Luftschlangen überzuwerfen.
Er hält kurz inne. Wechselt die Küsse, die ich ihm auf die Eichel gebe, mit den Küssen ab, die er mir auf den Mund gibt.

Dann überprüft er mit den Fingern, ob ich Gefallen daran habe, mich ihm hinzugeben.

Er taucht die Fingerkuppen in mich ein und lässt mich von dem Honig probieren, den mein Körper für ihn abgibt. Ich schmecke gut. Findest du auch? Bei dir werde ich zuckersüß.

»Leg dich hin.«
Mit auf den Rücken gefesselten Händen ist das nicht gerade einfach.
Ich sehe ihn nicht an, während er mit meinen Falten spricht.
Ich schließe die Augen, um seinem Monolog mit meinen Blüten und meinem Haarbüschel zu lauschen.
Nach einer Weile hört er auf und verkündet, dass er noch eine Überraschung für mich habe. Heute ist der Tag der Geschenke. Er geht wieder zu seiner Tasche.
Ich bleibe auf dem Rücken liegen. Warte geduldig.
»Da. Steh auf.«
Leichter gesagt als getan.
Er hält eine schwarze Bandana in den Händen. Vor meinen Augen formt er eine platte Schlange daraus. Das kann er erstaunlich schnell.
Er hilft mir, mich aufzusetzen. Dann verbindet er mir die Augen und verknotet das Tuch am Hinterkopf.
Ich werde dir beibringen müssen, wie man das macht. Ich werde dir zeigen, dass man die Knoten seitlich anbringt, damit sie schwerer aufgehen. Ich werde es dir erklären, sobald ich sicher bin, dich damit nicht zu verängstigen.

»Kannst du etwas sehen?«
Nur Schwärze. Die tiefe Schwärze meiner geschlossenen Lider. Ich fühle den weichen, sauberen, frisch gebügelten Stoff. Bitte sag mir, dass du nicht immer so ordentlich bist. Ich kann mir dich mit deinen Tattoos und Strähnchen nicht als perfekten Hausmann vorstellen. Das würde ich nicht ertragen.

»So … So ist es gut.«
Seine Stimme hat sich verändert. Jetzt, wo ich ihn nicht mehr sehen, ihn nicht mit Blicken verlegen machen kann, jetzt kann er wirklich tun, was er will, und auch seine Stimme hat nicht mehr den Tonfall wie zuvor.
Er ist anders.
Sein Verhalten. Ich habe mich in eine Zierpuppe verwandelt.

Leise flüstert er an meinem Ohr.
»Hast du getan, was ich dir aufgetragen habe?«
»Ja.«
»Hast du es dabei?«
»Ja.«
»Wo ist es?«
»Drüben.«
»Was ist es?«
Ich lächele ihn an. Wenn du wissen willst, was es ist, geh es suchen. Ich sage dir nicht, welches Spielzeug ich für dieses Treffen besorgt habe.

»Komm her.«

Er legt mich hin und hilft mir mit den Händen.
Distanzen, Wahrnehmungen, Maße. Alles auf null. Ich muss mich ihm völlig anvertrauen. Es ist, als würde man jede Sekunde Gefahr laufen zu fallen.
Wären da nicht seine Hände, die mich ausstrecken, mich in die richtige Position schieben, könnte ich über den Bettrand rollen und hinunterfallen.
Wäre er nicht an meiner Seite, würde ich in einem viel zu schwarzen Graben enden.

Er legt mich zurecht wie vorhin, mein ganzes Gewicht auf den Händen. Ich versuche, sie ein wenig herauszuziehen, aber viel ist nicht drin. Wenn ich nicht will, dass mir die Finger absterben, muss ich mit durchgestrecktem Rücken daliegen.

Erneut lässt er mich seinen Geschmack kosten, dieses Mal etwas vorsichtiger.
Nun hält er mir den Kopf, wie man es mit einem Kranken macht, dem man zu trinken gibt. Er behandelt mich fürsorglich, als wäre ich aus teurem Porzellan. Als könnte ich jeden Augenblick in tausend Stücke zerspringen.
Es ist, als könne die Matratze mir wehtun.

Dann hebt er mich hoch, spreizt meine Beine und tut bei mir das, was ich zuvor bei ihm getan habe.
Er ist gut.
Das kann er verflucht gut.
Er genießt jedes kleinste Stöhnen von mir. Keine Ahnung, ob es ihm mehr Genuss bereitet, was ich gerade mit ihm tue, oder zu hören, was er bei mir bewirkt.

Er macht eine ganze Weile weiter. Mit dem Mund und den Fingern. Hört genau im richtigen Moment auf, damit meine Säfte mich nicht unsensibel machen.
Dann legt er sich auf mich, umgedreht.
Ich liege wie zuvor, seine gestandene Männlichkeit bringt mich zum Schweigen.
Ich rücke ein wenig zurück. Erreiche den Matratzenrand und kann so, als er wieder heftig wird, den Kopf nach hinten lehnen und durchatmen.
»Oooh, gut so … weiter … gut so«, wiederholt er wie ein Mantra.
Ich liebe es, wenn man mir sagt, ich sei gut.
Das macht mich wahnsinnig an.

»Jetzt dreh dich um.«

Er wendet mich.
Ich muss aufpassen, dass das Federbett mich nicht erstickt.
Ich rücke ein wenig zur Seite.
Nun liege ich auf der rechten Wange.

»Warte, steh auf, ich lege dir das hier unter.«
Er schiebt mir seine Hand unter den Bauch und zwängt ein Kissen dazwischen.
Dann zieht er es nach hinten, so dass meine Pobacken in die Luft ragen, griffbereit. Und nicht nur das.

Er versetzt meiner glatten Haut zwei Ohrfeigen.
Dann höre ich, wie er etwas auspackt. Ich höre, wie seine Hände darüberfahren.
Er streichelt meine Rundungen. Setzt sich hinter mich.
Schließlich dringt er mit seinem gesamten Gewicht in mich ein.

»Oh, wie schön eng. Deine Möse scheint wie geschaffen für meinen Schwanz …«
Klar. Schade nur, dass ich nicht für dich geschaffen zu sein scheine, sonst würdest du mich öfter anrufen. Dich erkundigen, wie es mir geht. Würdest unten an der Treppe zu der Agentur, in der ich arbeite, auf mich warten.

Er leckt an meinem Ohr, während ich nur schwer atmen kann.
Nun hält er sich an meinen Zöpfen fest und reitet mich.
Wenn er noch tiefer vordringen will, packt er mich an den Schultern und schiebt mich fest auf seinen Bolzen. Ohne Unterbrechung.
Er hört nur auf, um mit den Fingerspitzen das Kondom wieder hochzuziehen, das ein Stückchen heruntergerutscht ist.

Meine Horrorvorstellung ist, dass er es in mir verliert. Einmal ist mir das passiert, und es war alles andere als lustig, es wieder hervorzuholen.

Er zieht es hoch, das kann ich spüren, weil er sich nicht aus mir zurückgezogen hat, und meine Schamlippen halten leicht das Gummi, ohne sich festzubeißen.
Er bekleidet sein Glied für das Fest. Und legt wieder los.
Dann dreht er mich um und zieht mich bis an den Bettrand. Er hält meine Fersen in die Höhe wie ein perfekt geformtes V.
Als meine Beine müde werden, legt er sie sich auf die Schultern.
Er wird mir das Haar zerwühlen. Das spüre ich.
Die Binde lockert sich. Ich sage es ihm.
»Sie rutscht.«
»Was?« Er hält nicht inne. Gar nicht so einfach, es zu wiederholen.
»Sie … rutscht …«, zischt es atemlos aus mir heraus.

»Aha.«

Er hört auf. Zieht sich heraus.
Ich liege jetzt auf der Seite.
Er knotet die Augenbinde fest, ohne sie zu lösen. Offenbar will er tatsächlich, dass ich ihn nicht sehe.
Anscheinend will er mir unbedingt die Intimität dieser Momente rauben.
Gönnt mir keine Bilder. Keinen Rahmen. Nur Gefühle und Körperrhythmen, als wären wir Musik.
Keine Noten. Heute gibt es nur das, was er mich hören lässt. Er ist Komponist und Dirigent zugleich. Gibt den Rhythmus vor. Hält den Takt. Schlägt die Haut und bestimmt die Pausen.
Warum darf ich nichts sehen?

Weil du meinen Blick nicht erträgst, oder weil du nur auf meine Löcher aus bist?

»Wo ist es?«
Er will mein Spielzeug, das ich mitgebracht habe und das er benutzen darf.

Ich sagte doch, dass du es suchen musst.
»In der Tasche. Nebenan.«
Er steht auf.
Ich höre kaum, wie er durch den Flur geht. Er ist barfuß, und seine wenigen Kilos lasten kaum auf seinen Füßen.
Wahrscheinlich durchwühlt er meine Sachen, wenn er so lange braucht.
Ich hoffe, er ist nicht so übermütig, meinen Taschenschirm mit dem zu vertauschen, was ich ihm mitgebracht habe.
Könnte peinlich werden, ihm zu erklären, dass er sich geirrt hat. Wahrscheinlich kramt er gerade in meinen Slipeinlagen und Schminksachen und fragt sich, wie ich in diesem Durcheinander überhaupt etwas finde.
Da kommt er zurück.

»Das ist es, stimmt's?«
Er dreht mich wieder auf den Bauch und fährt mir mit dem Metall leicht über die Kurven der Pobacken bis zu meiner feuchten Mitte.
Ja, er hat es erraten.

»Don Tomás Corona Grandes. Schön. Sehr schön.«
Er schiebt es langsam zwischen die Ränder meines willigen Fleisches.
Dann sieht er mich aus nächster Nähe an, ich spüre seinen Atem und seine fast chirurgische Aufmerksamkeit, mit der er arbeitet.
Die erste Berührung mit dem Zigarrenetui ist kalt, dann

nimmt das Aluminium die Temperatur meines Inneren an.
Eine raue Oberfläche wäre besser.
Ein wilder Auswuchs. Etwas, an dem sich meine inneren Schamlippen festbeißen können. Die glatte Fläche ohne Unregelmäßigkeiten bewirkt wenig. Das Aufregendste daran ist allein der Gedanke, dass er es tut.
Er, der mich ansieht. Der so etwas vielleicht noch nie getan hat.
Er schiebt das Etui ein paarmal vorsichtig hinein und hinaus, dann etwas zu oft.
»Langsam! Das tut weh!«
Meine Bitte klingt leicht erstickt zwischen Lunge und Matratze.
Er zieht das Metall heraus und schiebt sich selbst hinein, bis zum Anschlag.
Zwar fühlt er sich weicher an, doch es hat den gleichen Effekt.
»Tut noch immer weh, was?«
Nun versetzt er mir einen wohlberechneten Schlag. Mehr Zentimeter hat er nicht, weiter kann er nicht gehen.
»Ein bisschen.«
Er kniet sich über mich, erreicht mein Ohr.
»Tut es weh, ja?«
Ich kann kaum atmen. Langsam werde ich heiser vor lauter Stöhnen.
»Tut's weh?«
Ich glaube nicht, dass er wirklich eine Antwort erwartet. Deshalb gebe ich ihm auch keine, während er auf mir hockt.
Er küsst mich auf den Mund, leckt mir über das Gesicht.
Ich drehe den Kopf weg, weil es mich stört.

Er zieht sich heraus. Steckt wieder die Don Tomás hinein, diesmal etwas vorsichtiger.

»Halte sie so.«
Ehrlich gesagt wüsste ich nicht, wie. Wenn sie stecken bleibt, dann nur, weil sie tief genug drinnen ist.
Indem ich die Bauchmuskeln anspanne und mich auf die Zuckungen meiner Spalte konzentriere, könnte ich sie wahrscheinlich hinausstoßen.

Er packt mich um die Hüften und hilft mir auf. Dann stellt er sich wieder vor mich. Streift das Kondom ab und lässt sich lutschen. Sein Geschlecht riecht entfernt nach Vaseline.

Meine Zöpfe haben sich aufgelöst. Ich bin völlig zerzaust.
Er packt mich an den Haaren, spreizt die Finger und hält mein Gesicht.

»Du bist die Einzige …«
Das glaube ich dir nicht, aber es ist trotzdem in Ordnung. Ich habe nichts von dir verlangt. Auch weil von all den Silberringen, die du an den Fingern trägst, einer ganz bestimmt eine besondere Bedeutung hat.
Ich bin die Inkarnation deiner Sehnsüchte. Was du mir geschrieben hast und was du tun wolltest, tun wir gerade. Ziel erreicht. Und jetzt?

Er macht noch ein wenig weiter, dann setzt er sich.
Ich bleibe auf den Knien hocken, in dem Versuch, mir das Don-Tomás-Etui nicht mit einer falschen Bewegung endgültig in den Bauch zu rammen. Nur dass mir die Beine langsam wehtun.
»Holst du es mir raus? Es stört mich. Bitte.« Ich habe unter Schmerzen gelernt, dass Höflichkeit manchmal weiterführt, vor allem dann, wenn man gefesselt ist.
Er diskutiert nicht.

Langsam entfernt er das Ding aus meinen Falten.
Ich habe das Gefühl, auch dort allmählich wieder zu Atem zu kommen.
»Setz dich hierhin.«
Ich hocke mich zwischen seine Beine, während er an dem Kopfteil des Bettes lehnt.
Allmählich tun mir die gefesselten Hände weh.
»Nimm ihn noch einmal.«
Ich tue wie geheißen und beglücke seinen Schwanz, der immer noch nicht genug hat, mit intensiven Küssen. Ich lecke ihn rundherum ab, wo er es tatsächlich gewagt hat, sich mit der Klinge die Haare zu entfernen, um herauszufinden, ob es etwas ändert.
Ich lege mein Gesicht auf seinen Oberschenkel, während er sein Glied fest umfasst und bewegt. Mit der Zunge versuche ich ihm die Arbeit zu erleichtern.
Ich weiß, wie er es macht. Mittlerweile kenne ich seinen Rhythmus.
Wir sind fast da.
Ich möchte dich sehen. Ich würde gerne deinen Blick sehen, in deinen hellen Augen lesen. Ich möchte keinen Ausdruck deines Mundes verpassen.
Aber ich kann ihn nur hören.
Ich bin blind und kann nur mit offenem Mund auf deine Segnung warten, die tatsächlich kommt. Seine Freudespritzer ergießen sich über meine Zunge, aber ich kann sie nicht ganz schlucken.
Der nächste Schwall läuft mir über die Wange, die Lippen, das Kinn.
Ein wenig Saft ergießt sich auf das klare Schwarz der Augenbinde. Ein Tropfen trifft mich mitten ins Ohr, wie ein Golfball, der mit einem sauberen Schlag im Loch landet.
Genussvolle Schreie. Er gibt lange, harmonische Vokale von sich.

Du bist mir der liebste Chorjunge. Damit müsstest du eine Platte aufnehmen: du, wenn du kommst.

Ich schlucke hinunter, was ich noch im Mund habe.
Angenehmer Geschmack. Warm.
Den Rest wischt er mir vom Gesicht.
Er legt eine Hand auf meine Wange, zeichnet mir mit dem Daumen die Lippen nach. Ich küsse seine Finger.
Er hat sich beruhigt. Sein Atem geht wieder gleichmäßig, entspannt. Manchmal atmet er tiefer ein: eine Art Tick, der ihn begleitet, seit er vor Jahren eine durchbrochene Nasenscheidewand hatte. Man könnte dich für einen Boxer halten. Für den Bösewicht der Gang.

»Ich binde dich jetzt los. Zuerst die Hände.«
Ich lasse ihn machen.
Meine Schultern sind steif von der Haltung und die Handgelenke gerötet.
Ich drehe die Arme nach vorn, massiere mir die Haut und schmiege mich an ihn.
Ich mag es, wenn er sich so um mich kümmert. Mich in seiner Nähe hat.
Dann löst er mir die Augenbinde, und ich kann wieder sehen.
Auf meiner Netzhaut sammelt sich das Licht, farbige Wände, tanzende Kanten, dann das sanfte Gesicht und die grünen Augen, die mich mustern.
Er lächelt mich an, während sein Schwanz da liegt, der Müdigkeit ergeben, ebenso geschafft wie er.
Ich sehe ihn an. Ihn und seine Tätowierungen: die Aufschrift auf dem Unterarm, die Zeichnungen auf Brust und Schulter. Vielleicht erzählst du mir einmal die Geschichte, früher oder später.
Auf meiner Haut liegt dein Geschmack, der langsam trocknet.

Das Ohr hingegen ist verstopft und beginnt mich zu stören.
Ein bisschen von dir ist dort drinnen, gibt nicht auf, genervt von deiner Gesundheit, will noch eine kleine Weile im falschen Loch von mir überleben.

Wir umarmen uns.
Er drückt mich fest an seine Brust und wirkt immer noch so zerbrechlich.
Dabei gefällt er mir. Er gefällt mir sehr. Zu sehr.

– – – – – – –

»Von hier gesehen erinnert es irgendwie an ein männliches Geschlechtsteil. Siehst du?«

Er hat sich hingelegt und hält den Kopf zwischen meine Beine.
Das Band, die Augenbinde und alles andere liegt verstreut um uns herum.
Ich weiß nicht, wo meine Unterwäsche gelandet ist. Ich werde sie später suchen.

»Die beiden, die sich geteilt haben, könnten früher einmal gut die Hoden enthalten haben …«

Er kneift in meine großen Schamlippen.

»Und das war der Penis …«

Er streift mit der Fingerkuppe leicht über meinen Stempel.

Ich bin zu üppig, zu reich an sensiblen Gefäßen, um die Abwandlung eines Schwanzes zu sein. Ich nicke nur, weil

ich hoffe, dass er sich einen Zentimeter weiterbewegt und weiterredet.
Ich mag es, wenn du an der Stelle Sachen flüsterst, als hätte ich dort ein zusätzliches Ohr.

»Du bist weich.«
Klar, das fällt allen irgendwann auf. Alle lernen es zu lieben.
»Darf ich?«
»Hm-m.«
Langsam weitet er meine Falten und blickt hinein, wie Kinder in ein Grillennest schauen. Ganz genauso.

Sag mir, was du siehst. Ich kann dir höchstens sagen, was man fühlt.

Am Ende werde ich noch eifersüchtig auf die Typen, die sich so in Sie verlieben.
Sie schreiben mir an Sie gerichtete Nachrichten. Sie sagen mir, wie ihnen Ihr Geschmack fehlt. Wie sehr sie es mögen, wenn Sie feucht wird. Zu sehen, wie Sie sich öffnet.
Auch er hat das getan, oft.

Sie verwechseln uns, mich und Sie.

Er lässt einen Speichelfaden auf sie herabtropfen und befeuchtet ihre Ränder.
Dabei kaut er die ganze Zeit Kaugummi.
Er schmiert seinen Pfefferminzgeschmack auf meine leicht salzige Nässe.
Dann betrachtet er sie wieder. Wartet auf den Grashüpfer.
Meine Schamlippen sind noch geschwollen. Mitgenommen von all dem, was er mit ihnen angestellt hat. Die

Vaseline hat die Abschürfung unserer Haut ein wenig gemildert.

Weißt du eigentlich, dass ich alles spüre, wenn du hier eindringst?
Ich spüre es wie Atemzüge, deine Beine werden kalt, weil dein gesamter Blutkreislauf mich aufheizt.
Ich bin wie ein großer Blutegel.
Eine Weile musst du so bleiben, drinnen, weil der größte Teil deines Blutflusses damit beschäftigt ist, mich zu erwärmen.
Du bist eine Eidechse, und ich bin die sonnenbeschienene Mauer. Ohne mich würdest du erfrieren.

Ich streiche dir über die kurzen Haare. Sie sind zerzaust. In dieser Haltung kann ich seinen gesamten Rücken mit all seinen Hautunreinheiten erkennen, während du ganz in die Betrachtung vertieft bist.
Sieh dich an.
Wenn du erregt bist, streckt sich dein ganzer Körper, wie um für sich zu werben.
Ich bin ein lauschendes Ohr. Ein schmeckender Mund. Ich spüre es auch, wenn du dich entfernst, wenn dein Kopf ganz da ist, auf deine Empfindungen konzentriert, und wenn ich rede, hörst du mich aller Wahrscheinlichkeit nach nicht.
Ich spüre auch, wenn du an etwas anderes denkst, dich vielleicht in einen Gedanken vertiefst, der nicht uns betrifft, und die Empfindungen, die du mir schenkst, verblassen einen Augenblick lang.

Wenn du in mir bist, beobachtet Sie dich und erzählt mir alles über dich.

Ich höre deinen Herzschlag, aber nicht, weil du etwa auf mir liegen würdest. Ich spüre ihn an deiner äußersten Spitze. Ich spüre das Pochen direkt in meinem Bauch. Solltest du aus irgendeinem Grund sterben, würde ich es noch vor dir merken.

Sie ist ein guter Resonanzboden. Die nicht nur erklärt, wen du in dir drin hast, sondern dir auch noch Grund zur Freude über die Begegnung gibt.

Und du? Wie viel verstehst du von mir? Wie viele Empfindungen analysiert dein Thermometer?
Was hat es dir über mich gesagt, während ich dich nicht sehen konnte?

Wenn du Glück hast, verfügt ein Mann über zwanzig Zentimeter Einfühlungsvermögen.
Spürst du mich an der ganzen Länge, überall mit gleicher Intensität?
Oder ändert es sich?
Reicht mein kompletter Genuss bis an den Grund deines Beckens?
Oder lenken dich die Gefühle an der Spitze zu sehr ab?
In Ordnung, es handelt sich nicht um kilometerlange Strecken, aber verpasst du auf dem Weg nicht etwas von mir?

Auch wenn wir Sex haben, sind wir doch nicht intim genug, als dass ich ihn das fragen könnte

Du kennst meine Muttermale, aber du hast keine Ahnung, was mich zum Weinen bringt.
Keine Ahnung, ob wir etwas voneinander verpassen.
Ich habe Angst. Angst vor dem Wissen, dass es nicht klappen wird.
Bis hierher ist es in Ordnung. Doch an den Tagen vor mei-

ner Periode würdest du mich nicht ertragen. Du würdest meine Haare im Badewannenabfluss hassen.
Meine kalten Füße in der Nacht.
Ich werde wütend, wenn du deine schmutzigen Kleider nicht in den Wäschesack wirfst oder nächtelang vor der Playstation hockst.
Vor allem ertrage ich weder Zigaretten noch Streichhölzer oder verdreckte Aschenbecher.
Wir haben die besten Voraussetzungen, um miteinander unglücklich zu werden.
Beziehungen scheitern an winzigen Details, wusstest du das?
Je unbedeutender, desto unerträglicher.
Ich begnüge mich mit diesem summarischen Verhältnis, dann bleibst du wenigstens noch lange ein interessanter Mann.

»Sie ist wirklich schön.«
Und ich? Gefällt Sie dir genauso, wie ich dir gefalle?
Merkst du überhaupt, dass ich an Ihr dranhänge?

Seine Augen kleben immer noch an meiner Mitte.
Ich lege ihm eine Hand hinter den Kopf und drücke ihn zu Ihr hinunter.
»Was soll das?«
»Ich spiele den Mann.«
Ich tue das, was ihr mir beigebracht habt, wenn ihr Lust habt, einen Mund zu spüren.

Ich tue das, was du vorhin mit mir getan hast.
Jetzt bist du an der Reihe.

Er gibt den Widerstand auf.
Er legt sein Gesicht darauf, als handele es sich um eine Sauerstoffmaske.

Wir werden keine Hilfsmittel brauchen. Du reichst völlig aus.

Er fängt an, ganz leise mit ihr zu flüstern.
Ich höre ihnen zu, während er mit der Zunge das tut, was er am besten kann.

Danksagung

Einige Menschen nehmen einen ganz besonderen Platz in meinem Herzen ein.
Ich danke Raul Montanari. Er weiß schon, wofür.
Ich danke Tiziano Scarpa. Auch er weiß, wofür. Ich danke Roberto Saviano, Luca Ghilino und Antonio Campolo für ihren moralischen und unmoralischen Beistand.
Ich danke Stena dafür, dass er nicht wütend geworden ist.
Ich danke Alessandro S. dafür, dass er sich hat benutzen lassen.
Ich danke Agnese, den Frauen des Verlagshauses Piemme und allen Freunden, die immer wieder gefragt haben: »Wann erscheint denn nun dein Buch?«
Ich danke Gianluigi, der mich erträgt.

Außerdem danke ich den Reggae National Tickets, Neffa, Giuliano Palma & the Bluebeaters, Africa Unite und The Smoke für ihre Hintergrundmusik.

Inhalt

Dawn Porter

Internet Lover

Mein erotisches Tagebuch

Deutsche Erstausgabe

ISBN 978-3-548-26496-7
www.ullstein-buchverlage.de

Ein Inserat auf einer Internet-Dating-Seite wird für Dawn zum Beginn einer aufregenden erotischen Reise durch die Männerwelt: ein Kurztrip führt sie nach New York, sie entdeckt ihre Vorliebe für Latex-Anzüge, lässt sich auf eine entzückende Ménage à trois ein und erfährt, warum man unbedingt einen französischen Liebhaber braucht ...

In ihrem erotischen Tagebuch beschreibt Dawn Porter freizügig ihre abenteuerlichen Streifzüge durch den Dschungel des Großstadtdatens.